그동안
뭐하고 살았지,
바이크도
안 타고

# 그동안 뭐하고 살았지,
# 바이크도 안 타고

초판 1쇄 발행 2020년 8월 25일

지은이 유주희
펴낸이 이지은
펴낸곳 팜파스
책임편집 이은규
디자인 박진희
마케팅 김민경, 김서희
인쇄 케이피알커뮤니케이션

출판등록 2002년 12월 30일 제10-2536호
주소 서울시 마포구 어울마당로5길 18 팜파스빌딩 2층
대표전화 02-335-3681    팩스 02-335-3743
홈페이지 www.pampasbook.com | blog.naver.com/pampasbook
페이스북 www.facebook.com/pampasbook2018
인스타그램 www.instagram.com/pampasbook
이메일 pampas@pampasbook.com

값 14,000원
ISBN 979-11-7026-352-4 03810

이 도서의 국립중앙도서관 출판예정도서목록(CIP)은 서지정보유통지원시스템 홈페이지
(http://seoji.nl.go.kr)와 국가자료공동목록시스템(http://www.nl.go.kr/kolisnet)에서
이용하실 수 있습니다.(CIP제어번호: CIP2020031397)

# 그동안
# 뭐하고 살았지,
# 바이크도
# 안 타고

유주희 지음

40대 직장인
비혼 라이더의 기쁨과
앞으로 더 커질 기쁨에 관해

팜파스

# '2종 소형'이라는 네 글자가 이끄는 삶

대단히 엉망인 삶에서 극적으로 탈출한 이야기여야 할 것 같지만, 다행히 6년 전의 나는 나름 괜찮게 살고 있었다. 30대 초반의 비혼자로 동거묘와 좋은 친구들이 있었고 따로 사는 가족들과는 사이가 좋았다. 경제 사정은 나쁘지 않았고 직장에도 만족했다. 딱히 물욕이 강하거나 타인의 말 한마디를 곱씹는 성격이 아니라 정신적으로도 평온한 편이었다. 쉬는 날에는 책이나 영화를 보고, 혼자 북한산 향로봉까지 등산하거나, 친구나 가족을 만났다. 밤에는 머리맡의 고양이 키키, 치봉이와 함께 잠들었다.

평생 그렇게 산다 해도 괜찮았을 것이다. 하지만 몇 가지 문제는 있었다. 신문 기자로서 내 일과 회사를 좋아하는 편이었지만 스스로도 모르게 쌓인 피로감이 적지 않았다. 사람을 만나는 직업이다 보니 일터 밖에선 사람을 만나기 싫어졌다. 모르는 사람을 만나 사교용 미소를 장착하고 대화를 나누는 과정이, 상대방을 향한 관심을 쥐어짜 이런저런 질문을 던지고 공감대를 찾는 절차가 낱낱이 싫었다.

둔하고 낙천적인 성격인데도 주말에 낯선 사람을 만나기가 짜증나기 시작했다. 친한 친구가 새로 사귄 남자친구를 소개해 준다는데도 거절했다. 머리 자르는 동안 아무 말도 걸지 않는 미용사가 고맙게 느껴졌다. '사람이 궁금해서 지금의 직업을 택했다'고 동네방네 말하고 다녔는데 겨우 몇 년 만에 그렇게 변했다.

마음의 에너지도 슬금슬금 떨어졌다. 청소나 전기세 납부, 쓰레기 분리수거 같은 일들을 점점 미루기 시작했다. 절대적으로 시간이 부족한 것은 아니었지만 당장 급박하지 않은 일에 손가락 하나를 까딱하기가 어려워졌다. 나를 찾는 전화벨

소리가 너무 싫어져서 주말에도 진동 모드를 유지했다. 그럼에도 꾸역꾸역 전화를 받긴 했다. 꾸준한 운동 덕에 지구력이 인생 최고치를 경신하고 있었는데도 마음의 에너지 레벨은 바닥에 가까웠다.

그러던 시기에 어느 자동차 부품 물류 센터에 취재하러 간 적이 있다. 상상과 달리 조용하고 거대한 창고에서 지게차와 소수의 직원들만 띄엄띄엄 움직이고 있었다. 그분들이 들으면 웃기지도 않거나 심지어 기분 나쁠 수도 있겠지만, 그렇게 조용한 곳에서 물리적인 변화가 눈에 보이는 일을 하고 싶다는 생각이 강렬하게 들었다. 예정된 일을 예정된 시간만큼, 사람에 부대끼지 않으면서 해치운 후 퇴근해서 책을 읽는 삶이 그려졌다. 예기치 못한 일을 예상치 않은 시간에 맞닥뜨리고 마감 시간까지 동동거리며 기사를 쓰는 사람으로서 너무 탐나는 삶이었다.

그리고 다소 불경스럽게 느껴지지만 고양이만으로는 충분치 않았다. 일요일 저녁에 고양이들과 놀아 주다 문득 허전해지곤 했다. 물론 두 고양이 모두 그때나 지금이나 너무나 사랑스럽고 평생 함께 하겠지만 인생의 목표라고 할 수는 없다. 고양이가 아닌 어떤 사람이라고 해도 마찬가지다. 우리는 누구 때문이 아니라 스스로를 위해 태어난 사람들이니까 말이다.

　이런 날들이 계속됐다면 삶이 조금씩 시들해졌을 수도 있을 것 같다. 게다가 미디어와 주변의 어떤 사람들은 슬슬 내 나이가 많다고 지적했다. 스스로 보기엔 그냥 초보 어른일 뿐인데 사람들은 내 나이를 두고 '결혼의 마지노선' '애 낳으려면 지금쯤은', 심지어 '조금 지나면 똥값'이라며 정밀 분석에 나섰다. 한국인의 남 걱정은 왜 이리 비실용적이며 비효과적인지, 누군가 역사적 문화적으로 고찰해주면 좋을 것 같았다.

　그러다가 자동차 업계를 출입하면서 오토바이 면허, 그러니까 2종 소형 면허를 취득하게 됐다. 상당한 논리적 비약같이 들리지만 실제로 그랬다. 자동차, 시승, 모터쇼를 일 치고는 예외적으로 아주 좋아했는데 이왕이면 오토바이도 타고 시승기도 쓰면 좋겠거니 하는 단순한 생각이었다. 일처럼 접근했기 때문에 번갯불에 콩 구워먹듯 해치웠던 것 같다. 그전까지는 오토바이에 대해 '좋다' '멋있다' '무섭다' '위험하다' 등 어떤 감정을 느껴본 적도 없었다.

근처에 바이크 경험자가 있었다면 아마 그렇게까지 아무 생각 없이 시작하진 않았을 것이다. 이런 저런 조언을 듣고 나면 생각이 많아졌을 테니까 말이다. 회사에 갓 2종 소형을 취득하고 일제 바이크를 계약한 부장이 계시긴 했지만 외근자로서 자주 마주치질 못했다.

바이크가 위험하다는 말을 들어본 적은 있지만 '제사상의 3열에는 생선, 두부, 고기탕 등 탕류를 놓는다'는 문장만큼이나 와닿지 않았다. 적극적으로 말리는 누군가가 나에게는 전혀 없었기 때문에 운전면허 학원에 별 고민 없이 등록했다. 약 3주의 주말을 할애해 주어진 연습 시간(10시간)을 채웠다. 그리고 시험을 봐서 면허를 따 왔다. 그렇게 내 2종 보통 면허증에 새로 찍힌 '2종 소형' 네 글자가 예상치 못한 방향으로 삶을 이끌었다.

**목차**

프롤로그 **'2종 소형'이라는 네 글자가 이끄는 삶** · 004

## Part 1

# 무탈하지만 공허한 날엔 바이크

### 멍 때리는 시간에 '진짜' 내가 있다
—— 우연히, 바이크 · 016 ——

### 우선순위 하단에 있는 것을 사랑하는 법이 있다
—— 기계에 애정을 쏟는다는 것 · 022 ——

### 명확한 장단점 앞에서 단점은 열심히 피한다
—— 가뿐해진 출퇴근 · 028 ——

### 오래 즐거우려면 기브 앤 테이크
—— 북악에서 만나요 · 036 ——

### 어디에나 동지가 있음을 잊지 않는다
—— 친구가 생겼다 · 044 ——

### 가벼운 마음으로 홀가분하게 다닌다
—— 모토 캠핑, 피싱, 먹방과 입도바이 · 052 ——

### 삶의 어느 때든 스테레오타입으로부터 이탈할 것이다
—— 여성 라이더를 향한 시선 · 058 ——

### 내 꿈을 현실로 바꿔 주는 주변 사람들을 생각한다
—— 바이크 투어 계획 · 064 ——

Part 2

## 여전히 공부 중인 본격 라이더


**이유 모를 재미에는 그냥 푹 빠진다**

— 잊지 못할 2종 소형 면허 학원 • 072 —

**'처음'은 대~충이어도 괜찮다**

— 열 살짜리 첫 바이크 울풍이 • 080 —

**몰라서 용감했고 알면 성장한다**

— 초보 라이더를 위한 최소한의 정보 • 088 —

**흐름을 파악해야 몸, 마음 안전을 지킬 수 있다**

— 라이더가 도로에서 유의할 것 • 096 —

**때론 넘어져야 웃을 수 있다**

— 제꿍 트라우마 맞서기 • 102 —

**떨어진 낙엽도 꼭 다시 보자**

— 도로 위 위험 요소 • 108 —

**K-오지랖은 선한 영향력이다**

— 라이더를 향한 도움의 손길 • 114 —

**열심히 공부하고 복습해서 꼭 뭐가 될 필요는 없다**

— 라이더의 공부 • 120 —

## Part 3

# 말했지만 또 말할, 바이크에 대한 오해와 진실

### 수백 번 말보다 존재 그 자체로 증명한다
── 바이크는 위험할까 • 128 ──

### '허락보다 용서가 쉽다'는 말의 전제는 신뢰다
── '몰바'의 시작 • 134 ──

### 매너가 사람을 만들고 한 사람의 매너는 인식을 만든다
── 라이더도 싫은, 라이더의 비매너 • 140 ──

### 병은 병인데 목숨을 구하는 장비병
── 바이크 장비의 세계 • 146 ──

### 만나기 마련인 고갯길도 즐길 수 있다
── 라이딩 교육 기관 • 152 ──

### 행복의 비용은 사람 나름이다
── 바이크는 비싼 취미?! • 158 ──

### 행복의 모습은 다양하다
── 기변, 기추 병 • 164 ──

## Part 4

# 바이크만 있다면 언제 어디서나 인생 롸이딩

### '보람찬 여행'이라는 강박 관념을 버렸다
—— 만항재의 빛기둥 · 172 ——

### 사소한 기억이 오래오래 추억으로 남는다
—— 연례행사가 된 반국 투어 · 179 ——

### 군중 속의 자유를 누리는 점심시간 여행이 있다
—— 바이크 타고 동네 탐방 · 184 ——

### 지금 당장 꿈을 이룰 수 없다면 꿈 맛보기부터
—— 트라이엄프 본네빌과 LA 해안 도로 · 190 ——

### 고난과 역경, 무질서 속에서도 퍼스널 스페이스는 있다
—— 고난이도 베트남 투어 · 196 ——

### '내 주제에…' 의심이 들면 사양하지 않는다
—— 리스본의 4월 25일 다리 · 202 ——

### 짧은 시간에도 닮고 싶은 삶이 있다
—— SNS를 해야 할 이유 · 208 ——

### 부지런함 끝에 그 이상의 즐거움이 있다
—— 바이크 투어의 고통과 즐거움 · 214 ——

에필로그 **나는 행복할 것이다** · 221

## Part 1

# 무탈하지만
# 공허한 날엔
# 바이크

멍 때리는 시간에

'진짜' 내가 있다

## 우연히 바이크

수능 날짜가 닥쳐오던 고3 시절에는 수능 이후의 미래, 특히 이 모든 고통과 구속을 뒤로하고 자유로운 30대가 된 나를 자주 상상했다. 그중에 가장 자주 열망했던 장면은 '자동차를 타고 평온한 마음으로 자유로를 달리는 나'였다. 그때는 이름을 아는 도로가 딱히 없어서 굳이 '자유로'를 꼽았던 것 같다. 서울 구로구의 삭막한 입시 학원에서 여름 방학 특강을 들으며 공상에 빠졌던 기억이 생생하다.

막상 30대가 된 나에게는 정작 내가 빠져 있었다. 사람을 만나는 직업을 별 고민 없이 가져 버린 내 탓이긴 하지만, 어느새 아무 의미도 없는 사람들과의 대화도 자못 즐거운 척하는 능력이 생성됐고 지지리도 맛없는 소맥을 마시는 스킬도 두 배가 됐다. 그리고 나를 채용해 준 회사에는 정말 죄송한 말이지만 난 경제에 너무나 관심이 없는 주제에 매일매일 열심히 경제 뉴스를 쓰고 있었다. 문득 스스로를 바라보며 이게 누군가 싶은 낯선 순간이 찾아졌다.

취재와 술자리에 익숙해졌을 때, 내 기사로 상을 받았을 때는 즐겁고 보람차기도 했다. 그에 비례해 원래의 나를 잃어 가는 느낌도 커졌다. 방에 틀어박혀서 CD 한 장, 책 한 권, 영화 한 편으로 몇 시간씩 꼼짝 않던 내가 그리웠다. 상대방으로부터 뭘 알아내려고 노력하지 않던 나, 이 사람이 어느 업종의 어느 직급쯤 되는 사람인지 습관적으로 어림짐작하지 않았던 나, 흑백으로 나눌 수 없는 세상사를 어떻게든 갈라내서 한정된 글자 수 안에 구겨 넣을 필요가 없었던 나로 돌아가고 싶은 마음도 커졌다.

사회인이라면 누구라도 조금은 비슷한 마음을 갖고 있을 것이다. 20대였을 때 더 생기 넘치고 논리적이었던 것 같고 글도 더 잘 썼던 것 같다. 심지어 어떤 측면에서는 그때 더 지혜로웠던 것 같기도 하다. 지금은 줄어든 수면 시간과 업무 스트레스와 잦은 음주 때문에 스스로도 지금 제정신인지 자주 의심스럽고 벌써부터 사람 이름을 기억하지 못해 조기 치매도 걱정된다. 어느 날인가는 7, 8년 함께 일한 회사 상사의 이름이 기억나지 않았고 또 어느 아침엔 휴대전화 대신 선풍기 리모컨을 손에 쥐고 현관문을 나서기도 했다.

그럼에도 불구하고 지금의 내가 좋다. 자신이 택한 길에 대한 눈물겨운 합리화 때문은 아닌지 수차례 의심해 봐도 결론은 같다. 비록 생기와 지력은 확실히 잃었지만 사회인으로 살면서 사람들과 좀 더 부대끼는 법, 밥벌이의 고됨, 세상살이의 복잡함을 배웠기 때문이다.

물론 그것만으로 충분치는 않았다. 불특정 다수의 사람을 처음 만나도 서먹하지 않은 성격으로 개조(!)됐지만 그 자리가 끝나면 결국 나의 빈 집으로 돌아오게 돼 있었다. 텅 빈 집에 들어서면 기혼자들의 목소리 - "결혼 안 하면 늙어서 외로울 텐데" - 가 떠오르기 마련이었다. 경제적으로나 사회적으로나 충분히 자립했지만, 불시에 찾아오는 외로움에 흔들릴 때면 고독한 비혼의 삶을 나 스스로 증명하는 꼴 같아서 패배감마저 들었다.

그렇게 모자란 부분은 운 좋게 바이크로 채울 수 있었다. 바이크가 아니었다면 다소 허전했을 삶에 활기가 더해진 것 같다. 매월 따박따박 들어오는 월급이나 직업적 성취감, 심지어 고양이로도 채울 수 없는 부분 말이다. 바이크를 타고, 좋은 투어를 가고 싶어서 안달복달하고, 좋은 바이크 친구들이 나와 함께 달려 주는 이 삶이 매우 만족스럽다.

게다가 과학적으로 증명하긴 어렵지만 바이크는 스트레스 해소에 도움이 된다. 바쁘기로는 국내 상위 1%에 속할 법한 출입처 임원과 대화하다 '우리 모두 멍 때리는 시간이 필요하다'는 공통된 결론에 도달한 적이 있다. 자려고 누웠다가도, 화장실에서 볼일을 보다가도 내일의 업무를 떠올리며 괴로워하는 현대인에겐 모든 걸 내려놓고 아무 생각도 않는 시간이 필요하다는 것이다. 그래야 나 자신에 관한 일이든 업무든, 정리하고 되새기면서 열정과 창의력을 재생산할 여지가 생긴다.

나 역시 바이크를 타면서 비로소 멍 때리는 법을 다시 익히게 됐다. 바이크를 타고 속초로, 단양으로 달려갈 때는 운전 외에 다른 무얼 할 수 없다. 기껏해야 블루투스 헤드셋으로 음악을 들으며 그저 달릴 뿐이다. 바이크 위에선 운전에 필요한 최소한의 주의력만 남겨 두고 자연스럽게 멍을 때리게 된다.

긴장된 정신을 느슨하게 풀어 주면 평소 생각하지 못했던 사소한 일들이 무작위로 떠오른다. 아무 생각 없이 산책하다, 샤워하다 불현듯 좋은 생각이 떠오르는 것과 비슷하다. 시간이 남아돌았던 대학생 시절(그때까지만 해도 대학생들은 지금처럼 열심히 공부하지 않았으며, 특히 나는 문과 여학생 최저 수준의 학점으로 졸업했다)에 그랬던 것처럼 시답잖은 회상이 시작되고, 20여 년 전 동기들과 강화도 MT 답사를 하러 가면서 나눴던 대화를 기억해내기도 한다.

그러다가 아무 일 없다는 듯 저 멀리 버티고 있는 산과 평온한 들판이 눈에 들어오면 즉각적이지만 허무하지 않은 만족감이 차오른다. 팽팽했던 내 삶이 조금 느슨해지는 순간이다. '진짜 나'로 돌아가는 그런 시간이 참 귀하다.

우선순위 하단에 있는 것을

사랑하는 법이 있다

## 기계에 애정을 쏟는다는 것

나의 첫 고양이 이름은 '키키'다. 1년 후 데려온 둘째에게는 '치찡'이라는 이름을 붙였는데 영 입에 붙지 않던 중 어느 날 우연히 '치봉'이라고 부르기 시작하면서, 그의 이름은 정식으로 치봉이 되었다. 덩달아 키키도 '키봉'이라고 부르게 됐다. 두 고양이를 묶어 말할 땐 '봉이들'이다. 바이크를 타다가도 봉이들이 밥은 잘 먹고 있는지, 집사를 그리워하고 있는 것은 아닌지 궁금해하곤 한다.

어쩌다 보니 바이크도 봉자 돌림으로 이름이 붙었다. 사실 나는 물건에 이름을 붙이는 취미는 없는데, 아무래도 바이크가 셋이다 보니 짧은 이름이 따로 있는 쪽이 편하긴 하다. '더블유 팔백'보다는 '팔봉이'가 입에도 착착 붙는다. 나만 그런 건 아닌지 주위의 라이더 여럿이 자신만의 애칭을 바이크에 붙여 부르고 있다.

바이크 애칭 작법은 상당히 가짓수가 많다. 가장 기본적으로는 바이크 색깔을 이용해 '흰둥이'나 '흑구'라고 부르거나, 제조사의 명칭을 따서 '두봉이(두카티)'라고 칭하거나, 모델명에서 차용하거나(SCR=알이, R1000=알처니), 배기량을 따오는 (300cc=삼동이) 방식이 있다. 좀 더 감성적인 라이더들은 '바람', '사랑'처럼 좀 더 추상적인 이름을 지어 주기도 한다. 개인적으로는 '또또', '몽이'라든가 '둥', '봉'자가 들어가는 밑도 끝도 없이 귀여운 이름에 좀 더 마음이 간다.

좀 더 마이너한 작법도 있다. '엘리자베스'처럼 고상해 보이는 작명이 있는가 하면 안전을 수호해 주길 기원하며 성경에 등장하는 천사의 이름을 붙인 독실한 기독교인도 계셨다. 이 밖에 저 멀리 어딘가에는 '분노의 흑염룡' 같은 이름을 선호하는 라이더도 있을 것이나 아직까지 본 적은 없다.

낯간지러워도 이름을 붙이고 나면 왠지 더 내 새끼 같고 애정이 샘솟는다. 마침 고양이들과 함께 봉자 돌림으로 완성하고 나니 모두가 든든한 내 식구처럼 느껴지기도 한다. 다른 누군가에게는 차가운 기계에 불과하지만 라이더들에게 바이크는 한 식구다.

호칭을 논하는 김에 덧붙이자면 모터사이클, 바이크, 오토바이는 조금씩 용법이 다르다. 모터사이클은 모터바이크와 함께 업계 공식 용어, 표준 용어다. 많은 업계 분들이 공식적인 자리에서 '모터사이클'을 고수하지만 5글자나 되기 때문에 어지간한 라이더들은 '바이크'라고 부른다. 일상적으로 가장 많이 쓰는 용어는 바이크인 것이다. 법적으로는 두 바퀴라는 의미에서 사륜차와 구분하기 위해 '이륜차'를 쓴다.

'오토바이'는 모두에게 친숙하고 심지어 뉴스에도 등장하는 용어지만 라이더 사이에선 거의 안 쓰인다고 보면 된다. 먼 옛날부터 배달용으로 사랑받아온 125cc 이하 소배기량 바이크라는 이미지가 매우 강하기 때문이다. 물론 소배기량 바이크도 편하고 예쁘고 소중하지만 라이더들은 배달용(상용)과 레저용 바이크를 구분하려는 심리를 갖고 있고, 실제로 바이크 업계에서도 두 시장을 구분해 대응할 만큼 성격이 다르다.

다만, 예외는 있다. 비라이더와 대화할 때 빠른 이해를 위해 오토바이라고 말하거나 혹은 애정을 담아 '오두바이', '오두방'이라고 쓰는 경우도 꽤 있다.

어떤 라이더들은 마음속 애정을 실천으로 옮기기도 한다.

남들 눈에는 다 똑같아 보이는 바이크 라이더라도 바이크 관리를 싫어하는 자와 좋아하는 자로 나눌 수 있는데 나는 전자에 속한다. 바이크가 조금 더러워져도 별로 개의치 않으며 어쩌다 긁혀도 크게 마음 상하지 않는다. 가끔 스스로도 애정이 부족한건가 싶기도 하지만 내 눈에는 약간의 더러움이나 흠집이 아예 보이질 않는 걸 보면 애초에 그런 쪽에 둔한 듯싶다. 설령 조금 더럽고 흠이 생겼다 해도 똑같이 예쁜 내 새끼다.

반면 후자는 바이크 세차와 광내기, 소모품 교체, 더 마음에 맞는 부품으로 교체하는 커스텀 등에 매우 열정적이다. 조금이라도 더러워지면 세차장으로 직행해 온갖 세제, 광택제, 도구를 활용해 닦는다. 그 세계는 나처럼 게으른 자에게 너무나 낯설지만 어깨 너머로 목격한 바에 따르면 세차솔만 해도 까칠한 솔과 좀 더 부드러운 솔 등 여러 종이 있으며 세제도 금속 부품을 위한 세제, 가죽 시트를 위한 세제, 심지어 바이크에 부딪혀 죽은 곤충의 잔해를 없애는 단백질 세정제 등 복잡하기 짝이 없는 듯하다.

그렇게 공들여 바이크를 관리하면 뿌듯할 뿐만 아니라 라이더의 칼로리 소비에도 도움이 될 것이다. 그렇지만 나는 고양이, 운동, 집안일, 독서와 넷플릭스 등 우선순위가 있기 때문에 바이크 관리는 언제나 조금 말석에 자리 잡고 있다. 세차는 스팀 세차 전문점에 맡기거나 서촌 최고의 삼겹살집 접대 등을 미끼로 외주를 준다. 바이크 커스텀은 언제나 희망 사항에 올려 두고 있지만 몇 년째 못 하는 중이다. 내 애정은 바이크를 타는 데만 쏠린 감이 있지만 그래도 바이크 정기 점검, 소모품 교체 등 기본적인 건강은 물론 잘 챙기고 있다.

한편 바이크는, 조금 냉정해 보이지만, 삶의 동반자이면서도 여차하면 팔아서 빚도 갚을 수 있는 든든한 자산이기도 하다. 물론 필연적으로 살 때보다 가격이 떨어질 수밖에 없지만 대략 수백만 원 정도의 가치를 지닌 자산을 보유 중이라는 사실을 되새길 때마다 마음이 든든해지는 것도 사실이다. 바이크 관리에 매우 적극적인 어떤 분들은 새 바이크를 들일 때부터 미리 헤어질 날을 대비해 잔흠집을 원천 차단하는 PPF 필름을 기름 탱크에 붙여 보호하기도 한다. 정말 자금이 급해서 팔든 혹은 기변을 위해 헤어지든 그 바이크와의 즐거운 한때는 영원히 아름다운 추억으로 남을 터이다.

명확한 장단점 앞에서

단점은 열심히 피한다

# 가뿐해진 출퇴근

어찌 보면 아무것도 아닌, 심지어 내가 해결할 수 없는 일 때문에 스트레스를 받을 때가 있다. 그중 하나가 대중교통의 스트레스다. 지하철 안에 충분히 공간이 있는데도 툭툭 밀고 지나가는 사람들, 시끄럽게 통화하는 사람들, 퍼스널 스페이스라는 개념이 전혀 없어 보이는 사람들 때문에 괴로울 때가 많다. 지하철이 만원이라면 당연히 감수하고 받아들이겠지만 왜 널찍한 공간을 놔두고 내 옆에 바짝 서는지 이해해 보려고 노력해야 할 때가 적지 않다.

낯선 사람 얼굴을 빤히 쳐다보는 사람들도 싫다. 10여 년 전 도쿄에 처음 갔을 때, 생김새나 옷차림에서 분명 외국인 티가 날 텐데도 아무도 나를 빤히 쳐다보지 않아 신기했던 기억이 난다. 미국이나 유럽에서도 마찬가지다. 옷이라도 벗는다든가 미친 짓을 하지 않는 한 낯선 사람을 함부로 빤히 쳐다

보지 않는다. 모르는 사람을 빤히 쳐다보는 행동은 무례로 간주한다. 나중에야 알게 되긴 했지만, '예의 바른 무관심(civil inattention)'이란 사회학 용어까지 있을 만큼 그들은 서로의 사생활을 적절히 지켜주는 데 익숙한 것이다.

우리나라는 아직 그런 예절이 보편적이지 않다. 강북에서 강남까지 지하철로 이동하는 과정에서 쓸데없이 스트레스를 받았던 날들이 무수히 떠오른다. 대체로 예민한 성격이 아님에도 이 부분만은 괴롭다.

바이크의 장점 중 하나는 이런 대중교통의 스트레스에서 벗어날 수 있다는 것이다. 물론 도로 위의 사륜차들이 또 다른 스트레스를 안겨 줄 때도 있지만 확실히 더 쾌적하다. 집에서 바이크를 타고 나와 차를 기다리거나 귀찮게 환승할 필요 없이 도로 위에서 혼자만의 시간을 즐길 수도 있다. 2020년 들어선 코로나 바이러스가 우리를 위협하고 있지만, 바이크 출퇴근자는 최소한 대중교통을 통한 감염 위험은 줄일 수 있었다.

바이크 출퇴근은 경제적이기도 하다. 서울 종로구 부암동에서 강남구 역삼동까지 매일 왕복 30km를 출퇴근한다고 치

자. 휘발유 가격을 리터당 1,500원으로, 125cc 스쿠터의 연비를 리터당 25km로만 잡아도 왕복 교통비는 총 1,800원이다. 물론 매년 납부하는 보험료나 엔진 오일, 타이어 등 소모품 비용까지 합치면 실제로는 좀 더 드는 셈이지만 125cc 이하의 소형 스쿠터 연비는 대체로 리터당 30km 정도는 된다. '기름 냄새만 맡아도 간다'고 할 정도로 연비가 좋은 혼다 슈퍼커브(110cc)는 공식 연비가 리터당 60km, 실연비도 리터당 40~50km는 나온다. 하루 2,000원 이하의 교통비만으로 상쾌하게 일터와 집을 오갈 수 있는 것이다.

유무선 이어폰이나 라이더들을 위한 블루투스 헤드셋으로 음악을 들으며 달릴 수도 있다. 모르는 길을 갈 때는 이어폰이나 블루투스 헤드셋을 스마트폰과 연결해 내비게이션의 안내음을 들으며 달리길 추천한다. 스마트폰의 내비게이션 화면을 쳐다보다가 사고가 날 가능성을 낮춰 준다. 블루투스 헤드셋은 보통 헬멧에 장착해 쓰는데 '세나'라는 회사의 제품을 가장 많이 쓴다. 달리면서 음악을 듣거나, 전화를 받거나 혹은 다른 라이더들과 인터콤을 연결해 1:1이든 다자간이든 대화를 하면서 라이딩을 즐길 수 있다.

블루투스 헤드셋을 써 보기 전에는 라이딩 중 대화의 필요
성을 굳이 못 느꼈지만 막상 써 보면 이 역시 필수품이다. 도
로에 위험 요소가 있으면 누구든 먼저 발견한 사람이 일행들
에게 알려 줄 수 있고, 일행 중 뒷사람이 신호에 걸려도 서로
알려 주고 기다려 줄 수 있으며, 도로에 무언가 재미있는 게
눈에 띄면 다 함께 웃음을 나눌 수도 있다. 몇 년 전 강원도 홍
천의 국도변에서 '나는 공산닭이 싫어요'라는 닭요릿집을 지
나치면서 블루투스 헤드폰으로 모두의 빵터짐을 확인했던 일
이 기억난다.

바이크를 타면서 음악을 듣는 게 위험해 보일 수도 있지만,
노이즈 캔슬링 기능이 빵빵한 이어폰으로 최대한 볼륨을 높
이는 경우만 아니라면 다른 차량의 소리를 듣는 데는 문제가
없다. 다만 출퇴근길에 음악을 듣든 듣지 않든 청력 보호에는
신경을 써야 한다. 출퇴근 루트에 차량이 많고 시끄러운 구간
이 많이 포함돼 있거나 풍절음(고속으로 달릴 때 나는 바람 소리)이
크다고 느껴진다면 라이더들을 위해 만들어진 귀마개를 끼는
것이 좋다. 도로 위의 소음과 풍절음이 결코 작지 않아 출퇴근

길에 매일같이 들으면 청력에 악영향을 주기 때문이다. '바이크 귀마개'로 검색하면 다양한 제조사의 제품이 나오니 그중 하나 고르면 된다.

바이크 출퇴근의 단점은 헬멧 때문에 머리가 눌린다는 것. 원래 숱이 많다면 머리 눌림이 오히려 반가울 수도 있겠으나, 평소에도 착 가라앉은 침착한 머릿결이 헬멧에 눌리면 조금 안쓰러운 모양새가 된다. 긴 머리라면 묶어서 어느 정도 눌림을 가릴 수 있지만 짧은 머리라면 사실상 해결 방법이 없다. 모터사이클 업계에서도 이 문제를 해결하기 위해 머리와 헬멧 안쪽 사이에 빈 공간을 두는 신개념 헬멧을 출시하기도 했으나 별 효용이 없다고들 평가한다. 결국 선택지는 머리 스타일에 대담해지거나 출근해서 머리를 감거나, 둘 뿐이다.

여름에 덥고 겨울에 춥다는 단점도 크다. 여름 한낮에는 더운 날씨와 아스팔트의 열기, 주위 사륜차들의 열기까지 합쳐져 정말 뜨겁다. 헬멧을 쓰면 내 머리가 포일로 감싸 아궁이에 던져넣은 감자처럼 느껴질 정도다. 그러나 아무리 더워도 반팔에 반바지만 입고 달려선 안 된다. 혹시나 사고가 나면 라이더의 가죽부터 쓸리고 찢기기 때문이다. 여름용으로 바람이 잘 통하게 제작된 메쉬 소재의 라이딩 재킷, 바지 등을 챙겨 입으면 가장 좋겠지만 직장에서 권하는 바람직한 복장에 부합하지 않는다면 팔꿈치, 무릎 보호대 정도는 따로 장착해야 최소한의 안전을 지킬 수 있다.

나는 한국의 겨울이 너무 추워서 겨울 라이딩을 아예 포기 했지만 주변에는 절대 굴하지 않는 용감한 라이더들도 많다. 도로에 눈이 쌓이지 않는 이상 무조건 '바출(바이크로 출근)'이다. 이들은 대부분 열선조끼와 열선 장갑, 열선 그립(핸들바의 손이 닿는 부분에 열선이 장착된 제품), 윈드 스크린(바람을 막아주는 투명한 플라스틱 실드), 두꺼운 토시, 두툼한 점프 수트 등 방한용품의 도움을 받는다. 앞치마처럼 생긴 라이더 전용 담요인 '스쿠터 워머'도 있다. 스쿠터 워머로 하반신을 덮으면 추위를 상당히 덜 수 있다는 지인들의 전언이다. 이밖에 중국 쇼핑몰에선 아예 전신을 덮는 방한 커버 등도 저렴하게 판매 중이지만 솔직히 조금 재미있게 생겼기 때문인지 국내에선 쓰는 사람을 본 적은 없다.

바이크로 출퇴근까지 하다 보면 누적 마일리지가 빠르게 쌓이는 만큼 실력도 는다. 우리나라 대도시의 도심 도로에선 각종 돌발 상황과 '미친 자'들을 싫증 나도록 맞닥뜨릴 수 있기 때문이다. 그렇게 내 바이크와 함께 매일같이 전투를 치르다 보면 전쟁 같은 사랑, 일종의 전우애가 생길 수밖에 없다.

오래 즐거우려면
기브 앤 테이크

## 북악에서 만나요

바이크 입문 초기에는 온통 설레고 즐거웠다. 서울 시내의 짧은 거리도 바이크와 함께 두근대며 달렸다. 헬멧을 쓴 채 긴장까지 하면 숨이 가빠지기도 했지만 놀이기구를 타기 전의 짜릿한 흥분과 비슷했다.

아직 바이크에 익숙하지 못한 데다 중고로 산 첫 바이크, 울프125는 시동이 잘 꺼지는 고령 바이크였기 때문에 본의 아니게 도로에서 뒤차를 막은 적도 몇 번 있다. "제자리에서 '꿍'하고 넘어진다"의 줄임말인 제꿍도 당연히 경험했다. 제꿍을 도로에서 한 적은 없어서 그나마 다행이지만, 언젠가는 한적한 주택가에서 바이크를 인도에 바짝 대고 핸드폰을 들여다보던 중 균형을 잃고 넘어진 적이 있다. 하필 차도와 인도 사이의 턱에 다리가 낀 채로 넘어지는 바람에 한참을 끙끙대야 했다.

울프125는 크기가 작은 소배기량 기종인 데다 중고는 100

만~200만 원, 신차도 300만 원이 안 되는 가격이라 입문용 바이크로 유명한 기종이다. 무게가 120kg으로 가벼운 편이라 지금은 한 손으로도 들어 올릴 수 있을 것 같지만(물론 실제로 그렇지는 않다), 초보 시절엔 그리도 무겁게 느껴졌었다. 그 기계를 다리가 깔린 채 밀어 올리기는 불가능했다. 다리부터 빼 보려고 시도하는 동안 이 한적한 주택가에는 고양이 한 마리 지나가지 않아서 다행히 수치스럽지는 않았다. 쉽지는 않았지만 어차피 도와줄 사람이 없었기에 혼자 무사히 발목을 빼내고 바이크를 바로 세울 수 있었다.

그렇게 어리버리한 극초보 시절 바이크로 자주 들른 곳은 북악스카이웨이다. 어렸을 적 부모님 차에 실려 간 기억은 있지만 서른이 넘어서 바이크로 뻗질나게 드나들 줄은 몰랐다. 북악스카이웨이는 서울의 라이더들이 가장 많이 모이는 곳 중 하나이기도 하다. 서울 한복판에서 가깝고 북악산을 돌아오르는 짧은 와인딩 코스(구불길)를 갖춘 데다 정상에서 서울 전경을 감상하며 편의점 콜라도 한 잔 마실 수 있어서다. 어쨌거나 산이라서 공기도 도심 대비 맑고 차다.

나는 북악스카이웨이에서 아주 가까운 동네에 사는 탓에 주 2, 3회 정도는 들렀다. 그때만 해도 퇴근 후 무언가를 한다는 것이 부담 없는 삼십대 초반이었기 때문에, 바이크로 체육관에 다녀오는 길에 갑자기 내키면 북악을 찾았다. 이미 운동으로 스트레스가 풀린 데다 북악스카이웨이의 산 내음에 휩싸여 바이크를 몰면 세계 최고의 자유인 같은 기분이 들었다. 그렇게 북악스카이웨이를 자주 찾다 보니 몸에 와 닿는 공기의 온도, 나뭇잎의 색깔처럼 이전까지 무관심했던 계절의 변화도 몸으로 느낄 수 있었다. 글로 적고 보니 '그게 뭐 어쨌는데' 싶긴 하지만, 그런 자연의 움직임을 접하다 보면 나 역시 자연의 일부라는 사실을 새삼 깨닫곤 한다. 그렇게 되면 오늘 일터에서 있었던 일, 다음 주의 기획 기사 마감 같은 일들이 아주 멀고 희미하게 느껴진다.

날아와 부딪히는 벌레의 유무도 자연에서만 느낄 수 있는 중요한 변화다. 그나마 도심에서 운전할 때는 괜찮지만 북악 같은 라이딩 코스를 달릴 때는 여름 날벌레의 개체수가 얼마나 많은지 실감할 수 있다. 벌레의 크기와 바이크 속도가 만나 발생하는 시너지는 심지어 고통스러울 때도 있다. 특히 얼굴에 날아와 부딪히면 놀라서 순간적으로 바이크의 균형을 잃게 될 수도 있다. 여름에는 헬멧의 실드(투명한 플라스틱으로 만들어져 여닫을 수 있는 부분)를 꼭 닫고 다니는 것이 좋다.

북악 외에 라이더들이 자주 모이는 서울의 집결지는 잠수교다. 개인적으로는 북악과 비교해 물리적으로, 그리고 왠지 심리적으로도 멀게 느껴져 최근에야 가봤는데 한강의 야경을 감상할 수 있는 멋진 장소다. 잠수교 인근의 편의점을 내비게이션으로 찍고 가면 주차장에 다양한 기종의 바이크가 있고, 혼자 또는 여럿이서 한강을 바라보며 고독을 씹거나 수다를 떨고 있는 라이더들도 발견할 수 있다. 한국인의 정서상 낯선 라이더들과 말을 트고 친해지는 분위기는 아니었던 것으로 기억한다. 물론 매우 비싸거나 한정판이거나 정식 수입이 안 돼서 희소성이 높은 바이크나 라이딩 장비를 선보인다면 단숨에 이목을 끌 수 있을 것이다.

조금 멀리 가고 싶을 때는 파주의 공릉저수지나 화석정, 임진각을 갔다. 특히 불금이나 주말의 임진각은 수도권 라이더들이 상당히 많이 출몰하는 곳이다. 그나마 가까우면서도 교외에 놀러 간 기분을 낼 수 있어서다. 지역별로 '00도/시 라이딩 코스'를 검색하면 각 지역의 라이더들이 어딜 주로 가는지 쉽게 찾을 수 있다.

수도권 라이더로서 나도 웬만한 코스를 다 섭렵하고 나자 슬슬 혼자 다니기가 지겨워지기 시작했다. 그래서 국내 최대 인터넷 바이크 동호회의 투어를 눈여겨보기 시작했다. 그중에서도 '네임드'로 꼽히는 '검의전설'님이 주최한 강화도 투어가 마침 시간과 조건(기종 제한, 배기량 제한 등)이 맞았다. 노련한 고수답게 온화하게 투어를 이끄시는 데다 처음 나온 이들을 은근히 잘 챙겨 주는 와중에 대체로 아재스러우나 예리한 유머 감각까지 겸비하신 분이라는 건 나중에야 알았다.

그 모임에서 처음으로 다른 라이더들과 대화를 나누게 됐고 안전 장비를 제대로 갖추고 타라는 조언도 받았다. 당시만 해도 나는 라이딩 재킷, 부츠 등 안전 장비의 필요성을 전혀 모르고 있었기 때문에 매우 지당한 조언이었다. 그리고 최초의 라이딩 메이트인 현재의 남자친구를 만난 것도 그 모임에서였다. 바이크 경력이 거의 20년으로 어지간한 수리, 개조를 혼자 척척 해내는 그는 바이크의 기계적 특성에 관심이 없고 기억력마저 나쁜 나에게 많은 도움이 됐다. 즐거운 바이크 생활의 중요한 조건 중 하나는 언제든 원할 때 같이 뛰쳐나갈 수 있는 편한 라이딩 메이트인데 그 역할 역시 도맡아 주고 있다.

라이더들의 세계에도 어느 정도는 기브 앤 테이크의 룰은 있다. 누군가 코스를 짜서 길을 안내하는 수고를 도맡는다면 라이딩 중 들를 맛집을 찾아본다거나, 밥이나 음료수 값을 낸다거나, 꼭 그런 수고가 아니더라도 만나면 반가운 사람이 돼줘야 한다. 혹은 라이딩이 고플 때 언제든 달려가 줄 수 있다면 좋을 것이다. 내 경우 언제든 달려 나가진 못 하더라도 라이딩 코스를 제안하는 라이딩 메이트, 종종 밥과 커피를 사는 라이딩 메이트, 좀 부족하나마 분위기를 띄우려고 애쓰는 라이딩 메이트가 되려고 노력하고 있다.

바이크가 아니었다면

다소 허전했을 삶에 활기가 더해진 것 같다.

매월 따박따박 들어오는 월급이나

고양이로도 채울 수 없는 부분 말이다.

바이크를 타고,

좋은 투어를 가고 싶어서 안달복달하고,

좋은 바이크 친구들이 나와 함께 달려 주는

이 삶이 매우 만족스럽다.

어디에나 동지가 있음을

잊지 않는다

# 친구가 생겼다

바이크를 시작하고 1년 정도 지나자 새 친구가 마구 생겼다. 바이크에 어느 정도 익숙해지자 혼자만 달리긴 심심하다고 생각하던 차였다. 중간에 같이 쉬면서 지나온 풍경을 나눌 친구, 목적지에 도착해 함께 맛집을 찾아갈 친구가 필요해졌기 때문이다. 하지만 인터넷 바이크 동호회에서 나와 잘 맞을 사람들을 찾기란 성공적인 소개팅만큼이나 어려워 보였다. 첫 라이딩 메이트인 남자친구는 주말에 바쁜 직업이라 내 주말은 여전히 한가했다. 그러던 중 업계 라이더 동호회 모임에 끼게 됐다. 좁은 업계라 바이크 뉴비의 탄생 소식이 금방 전해진 것이다. 엄밀히 말하면 펜 기자가 아니라 사진 기자들의 모임(이름도 '모토포토'다)이지만 반갑게들 맞아 주셨다.

　주제넘게 사진 기자들의 특징을 꼽아보자면 예술가다운 섬세한 감수성과 기자의 터프함이, 개인마다 비율은 다를지언정 공존하며, 대체로 유머 감각이 뛰어나고 좋은 풍경과 맛집에 민감하다. 특히 어디든 내비게이션 없이 찾아갈 수 있으며 전국 아름다운 길과 맛집 지도를 머릿속에 탑재하고 계신 동호회 고문님은 '바이크 투어란 이런 것이다!'를 보여주셨다. 처음 모토포토와 조우했을 때만 해도 난 125cc의 울프밖에 없었고 라이딩 경력도 1년뿐이었지만 모토포토 회원들은 리터급(1,000cc 안팎) 바이크로 전국을 달린 지 이미 짧게는 3~5년에서 길게는 20년 이상이었다. 그리고 산을 감싸고 이어지는 와인딩 코스에서의 코너링에는 일정한 스킬이 필요한데 당연히 내겐 미지의 세계였다. 처음에는 동호회원들의 코너링을 따라잡기 어려웠지만 지금은 그럭저럭 따라는 다니게 됐다.

여의도 금융인 라이더 모임은 내가 직접 규합(!)했다. 증권부에서 증권사, 자산 운용사를 출입하다 하나둘씩 만난 증권맨, 펀드 매니저 라이더들의 모임은 그들의 자산 규모를 감안했을 때 다소 반어법스러운 '헝그리라이더스'라는 이름을 달고 꾸준히 활동 중이다. 여의도 빌딩숲에서 평소의 정장 차림으로 만났다면 어림없었겠지만 같은 취미를 공유한다는 이유만으로 나이·사회적 지위와 체면 따위 떨쳐 버리고 너무나 쉽게 친해져 버렸다.

헝그리라이더스가 생겨나기 전, 처음으로 알게 된 멤버는 자산 운용사 CEO였다. 꾸준히 높은 수익률을 유지하는 펀드 라인업을 갖추고 있어 금융계 종사자뿐만 아니라 어지간한 일반 투자자들도 모를 수 없는 회사다. 처음 그분을 찾아가 업계에 관한 이런 저런 이야기를 듣는데, "큰 배가 방향을 바꾸려면 오래 걸리듯 펀드도(후략)"이라거나 "운전을 할 때 신중해야 하는 것처럼 펀드도(후략)"처럼 탈 것에 대한 비유가 상당히 많으셨다. 그래서 혹시나 그쪽에 취미가 있으신지 여쭤 봤더니 역시나 라이더셨다. 금융가 역시 좁은 업계다 보니 이분을 필두로 고구마 넝쿨 캐듯 각 사의 라이더 정보가 취합됐고, 헝그리라이더스가 탄생했다.


그리고 트위터의 라이더 친구들. 나는 원래 '에이, 온라인으로 무슨 친구를 만드나?'라는 복고풍 마인드였지만 하나둘씩 만난 트위터 친구들은 이제 삶에서 빼놓을 수 없는 사람들이 됐다. 모토포토나 헝그리라이더스와 비교했을 때 특이점은 나이도, 직업도, 살아온 배경도 천차만별이라는 것이다.

원래 내 직업의 장점은 다양한 사람들을 만날 수 있다는 점이다. 하지만 경제 신문의 특성상 내가 만나 왔거나 앞으로 만날 '다양한 사람들'은 평균 50대 안팎의 대·중소 기업 임원, 금융인, 공무원, 정치인들이다. 대체로 똑똑함과 해박함, 성실성, 사고 능력 등의 측면에서 배울 게 많은 사람들이고 특히 공무원들은 아무리 인터넷에서 욕을 먹을지언정 우리나라의 발전을 위해 일한다는 사명감과 도덕성의 측면에서 존경할 만한 분들이 많았다. 하지만 우리 사회에서 단단히 자리를 잡고 심지어 성공한 이들과 좁힐 수 없는 사고관의 차이란 걸 종종 느꼈었다. 예를 들어 그들은 대체로 사람의 '급'을 자연스럽게 나눴고 구조적 불평등에 둔감했다.

그런데 트위터에서 새로 알게 된 라이더들은 구조적 불평등과 소수자의 권리에 민감했고 정치적으로 올바르지 못한 언행에 최대한 저항하려고 노력하는 친구들이었다. 내 사회생활 반경에서는 만나기 어려운 직종들도 많아 여러모로 시

야를 넓혀줬다. 그들의 글과 생각에서 나 자신을 반성할 기회
도 많이 얻었다.

트위터 친구들을 따라 새로운 취향을 접하고 경험하는 것
도 많았다. 가장 친해진 '영' 님은 종종 국악 공연에 초대해주
고 있다. 국악에 대해 아무것도 몰랐지만 국립국악원에서 1,
2만 원만 내고도 아름다운 음악과 무용을 경험할 수 있다는
사실을 알게 됐고, 〈바람-애월에서 시작되다〉라는 창작 국
악 공연에 눈물을 흘릴 뻔하기도 했다. 영 님과는 중국 운남성
의 호도협 트레킹을 다녀온 데 이어 언젠가는 해외 바이크 투
어도 계획 중이다. 이 외에도 트위터에서 연을 맺은 다른 많은
라이더들과 연희동의 카페를, 건대의 마라탕집과 딤섬집을,
연남동의 편안한 바를(이때는 바이크 없이 모였다) 찾아다니며 즐
거움을 나눴다.

아리 애스터 감독의 〈유전〉과 〈미드소마〉를 같이 보고
비슷한 감상을 나눌 수 있는 친구들은 현재 내 인간관계 내에
선 트위터 인맥에만 있다. 그리고 2019년 서울 퀴어 퍼레이드
의 바이크 퍼레이드에 참여할 수 있었던 것은 자발적으로 시
간과 노동력을 할애한 트위터의 기획단 분들 덕분이다.

모두 회원 가입 절차도 단톡방도 없는, 뜻이 맞는 누구나 트위터를 통해 참여 가능한 느슨한 모임들이다. 평소 트위터로 진지한 생각들뿐만 아니라 일상과 세상 귀여운 고양이 사진에 실없는 농담까지 나누다 보니 실제로 안면을 튼 기간 대비 친밀감이 매우 강하다.

마흔이 다 되어가는 나이에 이런 친구들이 생겼다는 건 참 소중한 일이다. 사회생활이나 일반적인 취미 생활로 이만한 친분을 쌓기는 어려웠다. 이전까지 일로 친해진 관계는 지위 고하나 한국 특유의 갑을 관계 때문에 일터 밖으로 끌고 나오기 힘들었고, 권투 체육관이나 수영장에서 안면을 익혀도 기본적으로 내향인인 내 성격상 밖에서 따로 만나자고 제안하기란 힘들었다.

그러나 라이더의 세계에선 신기하게도 "언제 바이크 한번 타자"는 권유가 쉽게 오가고 쉽게 성사된다. 상대적으로 마이너한 취미를 파다 보면 동료 한 명이 아쉽기 마련이고 그 사이에서 비교적 용이하게 모종의 연대감이 싹트기 때문일 것이다. 비혼주의자로서 30대 중반쯤 가장 걱정됐던 게 '노후의 외

로움'이었지만 바이크를 탄 이후, 수많은 라이더 동지들을 만
난 이후부터는 '할머니가 되어서도 즐거운 나'를 어렵지 않게
상상할 수 있게 됐다.

가벼운 마음으로

홀가분하게 다닌다

# 모토 캠핑, 피싱, 먹방과 입도바이

바이크를 타게 되면 갈 수 있는 곳이 늘어나고 기동력이 강화된다. 그리고 이 '능력'을 갖추게 되면 바이크 + 알파의 베리에이션이 가능해진다. 예를 들어 모토먹방. 서울 종로구가 주된 활동지인 입장에서 그렇게 맛나다는 망원동의 디저트 맛집을 대중교통으로 찾아가려면 작심해야 한다. 하지만 바이크가 있으면 가벼운 마음으로 홀가분하게 다녀오게 된다. 사륜차처럼 복잡한 번화가를 뚫고 주차할 곳을 찾기까지의 괴로움이 없다. 언젠가 주말 아침, 느긋하게 푹 자고 일어나 세수도 하지 않은 채 헬멧을 눌러쓰고 요즘 인기 있다는 마카롱 전문점에서 간식을 공수해 오곤 뿌듯했던 기억이 난다. 반경을 좀 더 넓히면 경기도 의정부 평양면옥 본점도 강북에서 강남 정도의 느낌으로 다녀올 수 있다. 혼밥이 멋쩍으면 트위터에 '같이 가실 분?' 같은 구인글을 올린다.

전시회 관람을 좋아한다면 역시 바이크다. 물론 아주 우아한 복장은 포기해야겠지만 말이다. 그동안 바이크를 타고 들러 본 미술관, 박물관만 여러 곳이다. 안도 타다오가 설계한 강원도 원주의 뮤지엄산을 트위터 라이더 친구들과 두 번이나 다녀왔고, 집에서 가까운 서울역사박물관은 마음에 드는 전시가 열릴 때 종종 바이크로 찾는다. 서울의 근대를 살펴볼 수 있는 청계천박물관도 좋았다.

영화 감상도 바이크와 함께 더욱 편리해진다. 예술 영화관, 심야 영화에 대한 접근성이 높아진다. 덕분에 대중교통으로 가기 쉽지 않은 파주 명필름아트센터에서 알폰소 쿠아론 감독의 〈로마〉를 엄청난 사운드로 2회차 관람할 수 있었다.

한반도가 지옥 같이 뜨거웠던 2018년 여름에는 계곡 투어를 몇 차례 다녀왔다. 그 무더웠던 여름에도 계곡물은 쨍하게 차가웠다. 햇빛이 그대로 내리쬐는 도로변의 하천이 아니라 산 아래 자리 잡은 계곡을 찾는 게 포인트다. 더위를 뚫고 계곡에 도착하면 환상적인 피서가 가능하고, 이왕이면 돗자리나 캠핑 의자, 간식이라도 준비해 부려 놓으면 그곳이 천국이다.

언젠가 한번은 계곡에 자리를 잡을 때부터 우리 일행을 쳐다보는 산악회 어르신들의 시선이 불편해하던 차였다. 그런데 이 어르신들께서 빈손으로 계곡에 나타난 바이커 복장의 우리에게 갑자기 빨간 홍어 무침 한 접시를 내미셨다. 그리고 "이거 먹고 있어, 이따 점심도 줄게!"라고 약조하셨다. 15분쯤 후에는 정말 스티로폼 박스에 싸 온 흰밥과 플라스틱 통에 담긴 젓갈, 나물, 김치, 마른반찬을 퍼 놓고는 일회용 접시와 젓가락을 배급해 주시는 바람에 기대에 부응하고자 평소보다 많이 먹었다. 아무런 준비 없이 계곡에 도착해 슬슬 배고파지던 참이었는데 꿀맛이 아닐 수 없었다. 앞으로 평생 떠올리게 될 훈훈한 기억이다.

나는 해당 사항이 없지만 모토캠핑 모임, 비포장도로와 산길 등을 달리는 오프로드 모임도 있다. 푹신한 침구가 있는 실내 숙소를 선호하는 내 성향이 바뀌지 않는 한 캠핑을 갈 일은 없을 것 같지만, 텐트 등 장비를 세팅하고 고기든 새우든 마시멜로든 구워 먹은 후 장작불을 바라보며 멍을 때리는 '불멍' 이야기는 너무 매력적이다. 바이크에 낚시 도구를 챙겨 떠나는 모토피싱 애호가들도 있다고 들었지만 낚시꾼의 특성인지 왠지 혼자들 많이 다니는 것 같다.

1박 이상의 투어가 아닌 이상 모토드링킹이 불가능하다는 점만은 아쉽다. 라이더 친구들은 많지만 그들과 술을 마시려면 정말 작정하고 모여야 한다. 바이크와 이미 일체화를 이룬 이들이 적지 않아 모여서 커피나 차, 탄산음료로 끝낼 때가 더 많다. 사진 기자들은 대체로 술을 좋아하기로 유명하지만 '모토포토'는 술 애호가 자체가 드물다. 밥을 먹으러 모이면 삼겹살에 환타를 곁들이고 2차는 카페로 간다. 마치 채식주의자가 저절로 고기를 원하지 않게 되는 것과 비슷한 현상이라고 나름 분석하고 있다.

바이크와 수다로 구성된 '입도바이'는 라이더 세계에선 일상이다. 입문 초기, 혼자 바이크를 타고 연희동 골목을 탐방할 때였다. 마침 맞은편에서 보라색(으로 기억한다) 스쿠터를 탄 여자 분이 오고 있었고, 그분은 손짓으로 나를 세우셨다. 그리고는 바이크가 예쁘다, 모델명이 뭐냐며 질문하셨고 우리는 약 4분간 바이크 위에서 즐거운 대화를 나누고는 각자의 길을 갔다. 언제 어디서든 바이크 두 대 이상이 만나면 입도바이가 성사될 가능성이 매우 높다. 본인이 어떻게 바이크를 시작했으며 그동안 겪은 즐거운 일과 아찔한 일들, 요즘 어떤 바이크가 인기라더라 등을 서로 줄줄 늘어놓고 나면 더 이상 화젯거리가 없을 것 같지만 장담하건대 입도바이는 매우 오랜 시간 지속할 수 있는 활동이다.

삶의 어느 때든
스테레오타입으로부터
이탈할 것이다

# 여성 라이더를 향한 시선

충청도 어딘가의 한적한 국도였을 것이다. 옆 차선에 나타난 승합차의 창문이 내려가기 시작했다. 차 안에서 누군가의 손이 뻗어 나오더니 엄지손가락을 치켜들었다. 멋있다는 의미로 받아들이고 손을 흔들며 화답했다. 서울 시내에서도, 주유소에서도 비슷한 경우를 자주 겪었다. 박 투어(당일치기가 아니라 '숙박'까지 하는 투어)의 숙소였던 한 리조트에서는 생판 모르는 아주머니께서 사진 한 장 같이 찍자고 청하기도 했다. 살면서 드물게 들어 본 말 '멋있다'는 말을, 라이더 복장으로는 참 자주 듣는다.

내가 듣는 '멋있다'는 말은 대체로 '여자가 바이크를 타다니'가 포함된 칭찬이다. 그리고 '여자가 무엇을 하다니 대단하다'는 모든 발언은 여자가 애 낳고 집안일 하는 존재로만 살아야 했던 오랜 역사를 상기시키기 때문에 대체로 씁쓸하다. 여자가 할 수 있는 일 자체가 극히 한정돼 있었던 불과 얼마 전까지의 역사를 의식하지 않아야 칭찬을 가장한 그런 말을 할 수 있기 때문이다.

만일 이해가 잘 되지 않는다면 '흑인이 하버드에 가다니 대단하다', '흑인이 대통령이라니 훌륭하다'는 칭찬을 들은 흑인을 상상해 보자. 그들은 분명히 화를 내거나 최소한 언짢아할 것이다. 미국 인구 10만 명당 교도소 재소자의 비율이 백인은 272명, 흑인은 1,549명(2017년 말 기준, 미국 법무부)으로 6배 가까이 차이나는 이유는 뭘까? 노예 제도 때문에 1600년대부터 미국으로 팔려 온 흑인들은 1965년에야 투표권을 갖게 됐지만, 현재 진행형인 차별의 역사 때문에 여전히 백인보다 평균 학력과 소득 수준이 낮다. 이런 역사적 맥락을 존중하면서 개인의 성취를 칭송하려면 최소한 소수자에 대한 고정 관념과 편견('흑인이 하버드에')이 제거돼 있어야 한다.

물론 대체로 선한 의도에서 진심으로 멋있다고 말해 주시는 분들이 많아 나도 기꺼이 감사하며 받아들이곤 한다. 그럼에도 동시에 드는 생각은 '바이크 타는 여자가 더 늘어날 필요가 있다'는 것이다. 특히 전통적으로 바이크나 자동차 같은 것에 관심이 없다고 여겨지는 여자아이들에게 바이크를 타는 여성 라이더의 모습을 더 많이 보여 주고 싶다. 귀여운 인형이나 분홍 치마나 메이크업 스킬도 당연히 좋지만, 그래야 여자답다고 갓난아기 시절부터 주입하는 이 사회의 틀에서 마음껏 벗어나길 바라기 때문이다. 남자아이들이 무조건 '남자다운' 사람으로 자라야 할 이유가 없듯 여자아이들이 그런 것들에만 미래를 열어둘 필요는 전혀 없다.

바이크 하나 타면서 별생각을 다 한다고 생각할 수도 있겠다. 요즘 말마따나 '프로 불편러'로 비칠 수도 있을 것 같다. 난 천성이 좀 둔한 데다 갈등을 싫어하는 성격이라 나름 해맑게 살아왔지만 그렇다고 낡은 관념에 순응하고 싶지는 않다. 그런 면에서 여성 라이더로서도 나름 정치적인 입장을 조금씩 갖게 된 것 같다.

'여자가 바이크라니'라며 동공을 흔드는 이들을 마주칠 때마다 즐겁다. 스테레오타입을 깨는 데 기여하고 있다는 쾌감일 것이다. 나보다 훨씬 가열차게 스테레오타입을 부숴 버리고 있는 친구들을 볼 때도 즐겁다. 오프로드 바이크에 심취한다 싶었더니 몽골로 바이크 투어를 다녀온 친구, 캠핑과 전국 각지의 맛집 탐방으로 바이크 라이프를 즐기는 친구, 자신만의 스타일과 문신으로 저세상 멋을 구현하는 친구, 남성 중심적인 바이크 문화가 싫어 소수자 친화적인 바이크 행사를 멋지게 치러내는 친구들. 나와 이 친구들이 '여성 라이더'가 아니라 '그냥 한 사람의 라이더'로 취급받는 세상이 빨리 오길 바랄 뿐이다.

꼭 바이크뿐만 아니라 우리나라는 성별과 나이에 대한 고정관념이 심하다. 응당 결혼하고 애를 낳아야 할 나이, 내 집을 마련해야 할 나이, 골프 정도는 칠 줄 알아야 하고 점점 늘어나는 새치를 염색해야 할 나이 등등. 도대체 누구 좋으라고 지금껏 이어지는 고정 관념인지 모를 일이다.

그나마 내가 아는 대부분의 라이더들은 남녀노소를 불문하고 대체로 이런 고정 관념에 순순히 응하지 않는 천성을 지니고 있어 더 좋다. 헝그리라이더스에서 회장을 맡고 계신 회원은 가장 연장자인 데다 모 금융사 CEO직을 7년간 맡는 등 화려한 경력을 자랑하심에도 전혀 개의치 않고 아낌없는 아재 개그로 동호회의 친목을 북돋고 계신다. 어깨에 단단히 힘이 들어갈 법도 한데 반대로 어깨가 탈구된 것 아닌지 의심될 정도다. 이분 역시 나이 60세에 BMW 대배기량 기종으로 바이크에 입문한, 스테레오타입을 과감히 거부하는 라이더다.

내 꿈을 현실로 바꿔 주는

주변 사람들을 생각한다

## 바이크 투어 계획

아무런 신앙이 없는 사람으로서 가끔은 삶이 하찮게 느껴질 때가 있다. 천국이나 내세가 없어도, 내가 무슨 의미를 가진 존재가 아니어도 즐겁게 살면 그걸로 충분하다고 믿고 있지만 반복되는 일상 속에서는 그런 믿음도 희미해진다. 한창 일로 스트레스를 받을 때는 과학자들의 실험실에 갇혀 영원히 고통받는 쥐 같다는 생각도 들었다.

그럴 때조차도 바이크는 큰 힘이 되어 줬다. 주위에 '바이크 광인'들이 워낙 득실대다 보니 나 정도는 그저 찔끔찔끔 깔짝대는 수준이긴 하지만 다음 주에 잡힌 바이크 투어나 장차 달릴 국내외의 수많은 길을 상상하면 생의 의욕이 반드시 솟아난다.

미국 횡단을 최대 희망 사항으로 꼽는 이유는 첫 해외 바이크 투어지였던 LA에서의 기억이 워낙 좋았던 데다 바이크로 찾아가고픈 곳이 가장 많아서다. 아직 못 가 본 뉴욕이나 시카고 같은 도시들, 모뉴먼트 밸리 같은 미국의 대자연도 궁금하고 영화 〈콜럼버스〉에서 주인공이 묵었던 고풍스런 숙소도 찍어 놓았다. 공포 영화를 많이 봐서 인적도 차량도 없는 미국 국도와 허름한 휴게소, 옥수수밭 따위가 무섭고 휴대 전화 신호조차 터지지 않는 지역을 지나갈 수 있다는 게 공포스럽지만 든든한 라이딩 메이트들과 함께라면 문제없을 것이다.

유럽은 관광객으로 놀러 가도 더할 나위 없이 좋겠지만 그래도 한번쯤은 현지에서 바이크를 렌트해 투어를 다녀올 계획이다. 바이크 렌트에 숙소, 가이드까지 포함된 여행사 프로그램도 있기 때문에 시간만 낼 수 있다면 어려운 일은 아닐 것 같다. 그동안 가 본 유럽은 거의 관광지로 유명한 도시들뿐이지만 바이크 투어를 가게 된다면 관광이나 출장으로는 접하기 어려운 유럽의 자연을 보고 싶다. 그림으로나 보던 유럽의 들판, 아마도 지금까지 본 어느 지역과도 다를 북유럽의 산과 강이 궁금하다. 그리고 사실 유럽 어느 나라를 가도 맛있는 커피와 맥주와 와인이 기다리고 있으리란 기대가 가장 크다.

가까운 일본은 바이크의 천국이다. 글로벌 바이크 브랜드가 4개나 있는 데다 어지간한 중형급 이상 도시에는 반드시 거대한 바이크 용품점이 있다. 웬만한 식당에선 웬만큼 맛있는 음식을 만들어 팔고 대부분 친절하며 특히 운전 매너도 좋다. 무엇보다 가까우니까 유럽, 미국 투어처럼 오가는 데 이틀씩 들일 필요가 없어 상대적으로 부담 없이 다녀올 수 있다.

이미 일본 투어를 다녀온 한국인 라이더들이 강력히 추천하는 구마모토 아소산의 와인딩 코스와 밀크로드만 떠올리면 가슴이 뛴다. 규슈 벳푸부터 아소산까지 이어지는 야마나미 하이웨이는 해발 500~1,000m의 탁 트인 고원 지대에서 와인딩을 즐길 수 있는 코스로, 라이더의 관점에서 보자면 바이크 투어의 하이라이트만 모아 놓은 것 같은 구간이다. 야마나미 하이웨이와 연결된 밀크로드는 우유를 생산하는 목장이 많아 저런 이름이 붙었다. 목장이란 단어에서 상상되는 바로 그 목가적인 풍경으로 유명한 라이딩 코스다.

많은 한국인 라이더들의 로망은 유라시아 횡단이다. 러시아 블라디보스토크에서 출발해 몽골 초원을 거쳐 유럽을 돌고 귀국하는 코스다. 한때 유라시아 횡단러들의 블로그 등을 너무나 재미있게 읽었고 특히 '여자는 모터사이클로 세계 일

주를 꿈꾼다'는 제목을 단 '티피와 채'의 유라시아 횡단기는 눈물을 주룩주룩 흘리며 두 번쯤 정독했다. 단순한 기록에 그치지 않는, 그들 인생의 가장 즐겁고 아픈 단면을 기꺼이 내어 주며 내 삶까지 다독여 주는 글들이었기 때문이다.

언젠가 겨울철에는 따뜻한 동남아에서 스쿠터를 렌트해 관광객이 없는 골목길을 기웃거리고 싶다. 안전 장비 없이는 위험하지만 이때만큼은 편한 옷차림에 밀짚모자를 눌러 쓰고 달리며 겨울철의 더위를 만끽하고 싶기도 하다. 그리고 뉴질랜드. 아직 한 번도 가본 적 없지만 익히 듣던 다채로운 자연 속을 바이크로 달리고 싶다. 해외 투어는 대체로 시간과 경제력과 체력이 필요하기 때문에 천천히 이룰 생각이다.

국내에도 여전히 갈 곳이 넘쳐난다. 모토포토를 따라 바이크 투어의 세계의 눈을 뜨게 되면서부터는 핸드폰 메모장에 좋았던 코스, 추천받은 코스를 기록해 두고 있다. 강화도, 가평 로코갤러리, 충주호, 춘천 승호대나 평화의댐처럼 가까운 곳은 매년 한두 번씩은 찾는다. 언제든 부르면 기꺼이 동참하는 친구들 덕에 가능한 일이다. 모토포토는 회원들의 출산·

육아 등으로 인해 활동이 조금 뜸해졌지만 헝그리라이더스는 한두 달에 한 번쯤은 모이고 있고, 트위터 친구들과도 자주 달린다. 어쩌다 보니 내 트위터 닉네임을 딴 '생강 투어'가 나름 정기 행사로 자리 잡았고 언제나 좋은 코스, 맛집으로 기대에 부응하기 위해 노력 중이다.

국내에서 못 가 본 곳 중에 하나만 꼽으라면 지리산이다. 꼬불꼬불 지리산을 감싸 도는 정령치와 오도재, 성삼재를 찍고 섬진강 재첩 국수와 하동 쌍계명차의 녹차 아이스크림을 영접하는 코스다. 서울에서 당일치기로 다녀오긴 힘들어 좀처럼 못 가고 있지만 빠른 시일 내에 꼭 다녀올 계획이다. 계속 꿈을 꾸게 해 주는 내 바이크들과 건강과 친구들에게 감사할 따름이다.

## Part 2

# 여전히 공부 중인
# 본격 라이더

이유 모를 재미에는

그냥 푹 빠진다

# 잊지 못할 2종 소형 면허 학원

2013~14년쯤 자동차 업계를 담당하면서 탈것에 흥미를 갖게 됐다. 시승기를 써야 해서 내 평생 타 볼 일 없을 뻔했던 좋은 차를 타 볼 수 있었다. 레이싱 서킷에서 조수석에 앉아 프로 드라이버의 실력을 체험해 보기도 했다. 국내뿐만 아니라 세계 최대의 자동차 공업 도시인 미국의 디트로이트, 상하이 모터쇼도 다니며 자동차 산업의 최전선 언저리를 탐색했다.

나는 '뉴비'였기 때문에 자동차만 10년, 20년 넘게 파고든 전문지 기자들의 글을 읽어 가며 공부했다. 공부라고는 했지만 다양한 차종을 직접 경험하는 것이니 재미있을 수밖에 없었다. 그렇게 자동차의 제원과 성능, 전국의 달리기 좋은 코스를 배우고 스피드와 드라이빙의 즐거움에 1년 넘게 빠져 살다 보니 모터사이클은 어떨지 궁금해졌다. 사실 전문지가 아닌 이상 신문, 방송에서 다루는 바이크 뉴스는 거의 모조리 사고 소식이다. 정말 미지의 영역이지만 그만큼 일종의 블루 오션이었기 때문에 일단 시도나 해 보기로 했다. 하다못해 다른 종합지, 경제 신문에서 찾아볼 수 없는 바이크 시승기나 모터사이클 시장 동향 기사 한두 건은 쓸 수 있겠다 싶었다.

바이크를 타기로 결정하고 최대한 빠른 시일 내에 2종 소형 면허 취득에 나섰다. 이미 2종 보통 면허가 있어서 125cc 이하의 스쿠터는 곧바로 운전 가능(법적으로는)했지만 애초부터 대배기량 바이크가 목표였기 때문에 2종 소형 면허가 필요했다. 참고로 1종 보통 면허 보유자라면 125cc 이하의 매뉴얼 바이크를 탈 수 있고 아무런 면허도 없는 상황에서 125cc 이하의 모든 바이크를 타고 싶다면 원동기 면허를, 자동차 면허가 있으나 125cc 이상의 배기량을 원한다면 2종 소형을 따야 한다. 여기서 스쿠터는 '당기기만 하면' 나가는 자동 변속 바이크를, 매뉴얼은 수동 기어 변속이 필요한 기종을 의미한다.

2종 소형 면허를 취득할 수 있는 통로는 두 가지다. 곧바로 실기 시험을 칠 수 있는 시험장, 10시간의 코스 주행 교육이 제공되는 학원. 학원 코스는 약 30만 원의 수강료를 내야 하지만 시동 걸기와 1단 변속 등 아주 간단한 조작법을 배운 후 10시간 동안 돌았던 익숙한 코스에서 그대로 시험을 볼 수 있다는 장점이 있다. 이 때문에 학원에서 2종 소형에 도전하는 이들은 대체로 시험 1~3회 내로 합격하기 마련이며 상대적으로 쉽다는 의미에서 2종 소형을 '샀다'고도 표현한다.

반면 시험장은 응시료 7,500원만 내면 된다. 가르쳐 주는 이 없이 연습은 셀프다. 이미 원동기 면허가 있고 저배기량 바이크 경험이 있는 자, 근처에 바이크 동지가 있어서 전문적이든 '야매'든 교육을 받을 수 있는 운 좋은 자들이 주로 시험장을 찾는다. 극소수지만 바이크에 천부적인 재능이 있는 자, 본인과 타인의 죽음을 무릅쓰고 무면허로 바이크 경력을 쌓은 자들도 시험장을 택하는 경우가 있다.

문제는 퀵서비스 종사자들도 시험장에서 거듭 탈락하는 사례가 적잖다는 점이다. 2종 소형 면허 시험 코스가 2종 보통(자동차) 기능 시험 코스보다 상당히 어려운 편이기도 하지만 무엇보다도 토익 시험처럼 실제 실력과는 상관관계가 조금 낮은, 특정한 시험용 스킬을 요구하기 때문이다. 특히 첫 코스인 '굴절 코스'는 악명이 높다. Z자와 비슷하게 생긴 코스에서 발을 디디거나 넘어지지 않고, 선을 넘지 않고 직각으로 두 번 꺾어야 하는데 절대다수의 응시생이 여기서 낙오한다. 초저속으로 주행하면서 넘어지지 않도록 각도를 잘 조절해 꺾는 섬세함이 필요해서다. 원래 천재 라이더라거나, 보통의 라이더지만 연습을 충분히 했거나 혹은 못 타지만(2종 소형 대부분의 응시생이 이에 해당한다) 오로지 시험을 위해 굴절 코스 스킬을 갈고 닦아야 통과할 수 있다. 굴절 코스의 꺾는 지점 두 곳에서 모두 실패하면 각각 10점씩 감점 20점, 90점 합격점에 미달하기 때문에 그 자리에서 탈락이다. 대신 굴절 코스에서 완벽한 성공을 거두거나 10점만 깎인다면 나머지 코스가 대체로 쉬운 편이기 때문에 합격이 코앞인 셈이다.

당시 근처에 바이크 동지는커녕 아무것도 없었던 나는 학원을 택했다. 이미 사륜차 면허가 있어 필기시험은 면제받지만 대신 자동차면허 응시자들과 같이 세 시간의 이론 교육을 들어야 했다. 운전을 위한 기초 지식, 도로 교통 기본 지식 등 이론 교육은 대개 그렇듯 지루했다. 다만 2종 소형 응시자들을 위해 다양한 바이크 사고 영상을 교육에 활용하는 일부 운전면허 학원에 다닌다면 덜 지루할 것이다.

이 과정을 거쳐 드디어 연습장 겸 시험장에 도착했고, 연습생용 헬멧과 무릎 보호대를 착용한 후 교육을 받기 시작했다. 키를 꽂아서 돌리고 셀 버튼을 누르면 시동을 켤 수 있다. 반대로 키를 돌리면 그대로 시동이 꺼진다. 중립 상태에서 왼손으로 클러치를 잡았다 떼는 동시에 왼발로 기어 변속 레버를 밟아 내리면 1단, 다시 발등으로 쳐 올릴 때마다 2, 3, 4, 5단(일부 대배기량 모델은 6단까지)으로 변속할 수 있다. 수동 변속 자동차를 운전하기 위해 클러치를 밟고 오른손으로 기어 변속 레버(스틱)을 조정하는 것과 같다. 처음에는 어렵게 느껴지지만 연습하다 보면 금세 타이밍을 맞출 수 있게 된다.

물론 당시에는 모든 게 흐릿하고 난감했다. 학원 강사님도 수강생이 미덥지 못했는지 첫 시간에는 연습용 스쿠터를 내주셨다. 스쿠터에 올라타고 코스와는 상관없이 면허 시험장을 한 바퀴 돌아보라는 강사님의 지시가 떨어졌다.

돌이켜보면 결정적인 순간이었다. 그저 막연하고도 건조한 계획에 따라 면허를 따러 갔을 뿐인데 그 한 바퀴 때문에 바이크에 몹시 반해 버렸다. 겨우 100cc 안팎의 스쿠터를 타고, 조막만 한 시험장을, 시속 20km나 될까 말까 한 속도로 느릿하게 달리는데 그렇게 짜릿할 수가 없었다. 자동차 업계를 출입하면서 최신 BMW 자동차로 독일 아우토반을 질주해 봤고 포르쉐로 남해의 아름다운 해안 도로를 달려 보기도 했지만 바이크의 재미는 압도적이었다.

도대체 왜 그렇게 재미있었는지는 지금도 명확히 설명하기 어렵다. 다만 가만히 서 있거나 걸을 때와 전혀 다른 공기와 풍경을 마주하게 되고, 자전거보다 더 강력한 힘과 속도로 움직일 수 있다는 점 때문이 아닐까 싶다. 손발을 까딱했을 뿐인데 온 세계가 나를 스치고 지나가는 것이다. 게다가 시속 30km든 150km든, 공기를 가르는 속도를 온전히 내가 조절할 수 있다. 그날 좁은 면허 시험장에서 느낀 즐거움은 이 때문이었을 것이다.

그 이후로 바이크를 계속 타면서는 자동차 운전보다 더 섬세한 조작이 필요하다는 사실을 깨닫게 됐다. 손발과 시선, 몸의 무게 중심을 조금씩 옮기는 기술이 익을수록 내 몸과 바이크가 점점 하나가 된다. 그야말로 물아일체로 주행하는 그 감각은 독보적이라고 할 만하다.

당연히 학원 수강 시절엔 아무것도 몰랐다. 클러치가 뭔지도 모르고 학원을 찾아갔고 어느 정도 교육을 받았을 때쯤 "이대로 하다간 떨어질 수도 있다"는 강사님 말씀을 듣고 불안해서 부랴부랴 무면허자 포함 누구나 바이크 교육을 받을 수 있는 '대림모터스쿨'을 등록해 6시간짜리 수업을 들었다. 대림모터스쿨은 딱히 굴절 코스 공략법 등 시험용 스킬을 가르쳐 주지는 않지만 어쨌거나 바이크 타는 법을 더 자세히, 확실히 가르쳐 줘서 도움이 됐다. 그리고 다시 학원으로 돌아가 무사히 한 번에 시험에 합격할 수 있었다.

시험 날의 풍경이 종종 떠오른다. 나와 다른 수강생 5명 정도가 초조하게 본인의 순서를 기다리고 있었다. 앞 사람이 시험을 치르는 모습을 보면서 마인드 트레이닝을 할지 아니면 눈을 감고 마음을 비울지 갈팡질팡하다 내 순서가 됐다. 다행히 굴절 코스 빼고는 감점 없이 빠져나왔다. 다른 수강생 5명도 모두 합격했다. 인터넷 후기를 보면 자축하느라 다들 박수도 치고 떠들썩하다던데 그 시간대의 응시생들은 하나같이 내향인이었는지 차마 오두방정 떨 수 없다는 쑥스러운 미소만 지으며 시험장을 떠났다.

'처음'은
대~충이어도 괜찮다

# 열 살짜리 첫 바이크 울풍이

문제는 운전면허증에 찍힌 '2종 소형' 네 글자만으로는 제대로 바이크를 타기 어렵다는 점이다. 학원이나 주행 시험장에서는 오로지 1단 기어로만 주행 가능하고 나머지는 라이더가 알아서 배워야 한다. 앞차가 급하게 멈춰 섰을 때 어떻게 대응해야 하는지, 넘어진 바이크는 어떻게 세우는지, 언덕길은 몇 단 기어로 올라가야 시동을 꺼뜨리지 않을 수 있는지 말이다. 주변에 가르쳐 줄 사람이라도 있으면 좋겠지만 나에겐 없었다.

그런데도 바이크부터 사 버린 것은 아무것도 모르는 초보 특유의 용감함과 지름신에 약한 성격이 결합한 결과다. 인터넷 바이크 동호회에서 검색해 보면서 예뻐 보이는 바이크를 몇 개 고르고, 그중 가격대가 적당한 매물 중 하나를 택했다. 바이크는 자동차보다 기종이 다양하지만 가격은 저렴한 탓에 많은 라이더가 몇 년에 한두 번씩은 '기변'을 하고, 그래서 개인 간 중고 바이크 거래가 활성화돼 있다. 운 좋으면 세상물정 잘 모르는 부자가 내놓은 신차 같은 중고차를 구할 수도 있다.

내가 고른 모델은 대만 SYM(삼양모터스)의 '울프125'. 이름 그대로 125cc다. 어차피 연습용이라는 생각에 연식이 10년이나 된 낡은 매물을 찍었다. 바이크에 대해 아무것도 모르기 때문에 자세한 건 살펴보지도 않고 판매자에게 연락해 청량리에서 만나기로 했다.

며칠 후 판매자가 지정한 장소로 쫄래쫄래 나가 보니 그야말로 청량리 길바닥 한복판이었다. 아버지뻘 되시는 분이 바이크를 타고 나타났다. 수많은 행인이 오가는 그곳에서 왠지 얕잡아 보이면 안 될 것 같아서, 나 같은 초보 눈에도 뜨일 만한 중대한 결점이 있을 것 같아서 무척 진지하게 바이크를 뜯어보는 척했다. 체인이 늘어져 있지는 않은지, 커다란 흠집이 없는지는 한눈에 알아볼 수 있었고 '사고 차의 경우 프레임(뼈대)이 틀어져 있을 수 있다'는 인터넷 정보도 습득한 상태였지만 구체적으로 어딜 봐야 하는지는 잘 몰랐다. 시동이 얼마나 잘 걸리는지 확인해 보는 방법도 당연히 몰랐다. 뭘 알아야 물어 보기도 할 텐데 정말 몰라서 질문도 못 했다.

당시엔 그럴듯하게 바이크 좀 아는 척을 했다고 생각했지만 지금 생각하면 어설프기 짝이 없는 흉내였다. 그리고 안타깝게도, 과묵한 장년의 판매자는 바이크 겉만 살펴보는 나에게 굳이 도움을 주진 않았다. 그저 빨리 팔아치우고픈 마음뿐이었으리라.

중고 바이크를 살 때는 일단 시동을 끄고 바이크를 식혀야 한다. 엔진이 이미 달궈져 있는 상태에선 시동이 잘 걸리지만 엔진이 식어 있으면 시동이 제대로 걸리지 않을 수 있기 때문이다. 불행히도 100만 원을 주고 산 내 울프125가 그랬다. 저속 주행 중에도 잘 꺼졌다. 내가 조작이 미숙한 초보라서 그런 줄 알았는데 얼마 지나지 않아 다른 제조사의 125cc짜리 신차를 시승해 보곤 아니라는 사실을 알았다. 중고차 판매자와 만나면 먼저 엔진에 손을 대도 전혀 뜨겁지 않을 때까지 기다렸다가 시동을 걸어 봐야 한다.

엔진을 식히는 사이 곳곳의 흠집을 체크해 본다. 양손으로 잡는 핸들바의 끝부분이나 사이드 미러 등 바이크에서 가장 튀어나온 부분을 중심으로 살펴보면 된다. 다른 부품보다 유독 새것이라면 넘어지거나 사고가 나서 교체했을 가능성이 있다. 그런 '전력'을 솔직히 털어놓지 않거나 이래저래 둘러대는 판매자라면 거르는 것이 좋다.

엔진 이음새 근처의 검은 누유 흔적도 불길한 징조다. 그리고 바이크의 뒤에 서서 계기반, 기름 탱크, 뒷바퀴의 가운데를 눈짐작으로 이어봤을 때 일직선이 그려지지 않는다면 큰 사고로 인해 프레임이 뒤틀린 바이크일 수 있다. 이밖에 수많은 체크 포인트가 있고, 직접 검색하고 공부할수록 알아볼 확률도 높아질 것이다.

그렇게 독학으로 많은 일을 해낼 수 있는 분들을 존경한다. 하지만 공부하기 싫다면 나처럼 아무것도 모른 채 직거래 후 200m도 못 가서 시동이 꺼지는 중고차를 매입하거나, 인간관계가 넓다면 매물을 봐줄 사람을 구하는 방법이 있다. 혹은 어떻게든 믿을 만한 바이크 수리점, 판매점(센터)을 찾아 직거래보다 조금 더 비싼 가격에 중고차를 사거나 아예 처음부터 신차를 구입한다는 대안도 있다. 경제적 여유가 있고 새것에 집착하는 경향이 있다면 신차도 괜찮다.

다만 첫 바이크를 고르는 라이더들은 자신의 바이크 취향을 이제 막 탐구하기 시작하는 단계다. 바이크의 세계에 빠져들수록 보다 정확히 자신의 취향을 파악하게 되고, 시간이 지나면 새로운 취향이 생겨나기도 한다. 결국 얼마 못 가 다른 바이크로 바꾸게 될 가능성도 높다. 게다가 첫 바이크는 제꿍 등으로 인해 흠집이 날 가능성도 높기 때문에 굳이 돈을 들여 신차를 산 후 큰 폭의 감가상각을 감수할 필요가 없다.

오랫동안 마음에 뒀던 드림 바이크가 있는 게 아니라면, 첫 바이크는 디자인과 가격대로 대~충 골라도 된다. 처음부터 기계적 완성도에 대해 관심이 많으신 분들도 있겠지만 어느 바이크든 각자의 매력이 있기 때문에 타 보지도 않고 이게 낫네, 저게 낫네 하는 것은 상당히 어리석은 짓이다.

중장년 남성 입문자 중에는 처음부터 높은 배기량의 비싼 바이크를 택하는 경우가 많다. '사회적 지위와 체면' 때문에 작은 바이크는 못 타겠다는 것이다. 이들은 125cc짜리 바이크를 경차인 '모닝' 정도로 간주하며 초보 또는 젊은이들에게 적합하다고 생각하는 경향이 있다. 이 때문에 바이크 무게 (공차중량) 200kg 안팎, 최고 시속을 200km 이상 낼 수 있는

800cc 이상의 바이크를 첫차로 택하곤 한다. 그랜저급은 타야 '동년배들' 사이에서 인정을 받는다고 생각하는 듯하다. 하지만 그런 바이크를 처음부터 제대로 탈 수 있는 사람은 100명에 1명 정도다.

개인의 선택에 맡길 문제긴 하지만 초보의 고배기량 바이크 구입은 대체로 말리고 싶다. 목공 초보가 커다란 벌목용 전기톱으로 서랍장을 만들겠다고 나서는 것과 비슷하다. 한 동호회원은 2종 소형 면허를 취득하자마자 800cc짜리 BMW 바이크를 구입해 아파트 지하 주차장을 한 바퀴 돌아 보던 중 조작 미숙으로 세게 넘어지면서 갈비뼈 3개가 부러졌었다. 그는 당시 면허와 바이크를 소유했음에도 지하 주차장을 벗어나지 못하는 본인의 신세를 한탄하며 스스로 '어둠의 라이더'라고 칭하기도 했다. 다행히 갈비뼈가 다 붙은 이후에는 신나게 바이크 라이프를 즐기고 있다.

마지막으로, 판매자로부터 폐지 증명서, 양도 증명서(계약서) 원본과 신분증 사본 등 '서류 3장'도 꼭 받아야 적법하게 바이크를 내 것으로 등록하고 탈 수 있다.

어느덧 바이크는 내 일상이 됐다.

앞으로도 즐겁게 타려면

꾸준히 연습하고 복습하는 시간이 필요하다.

안전하게 오래 타려면

운과 실력이 모두 따라줘야 하는데

운은 내 의지대로 안 되니,

실력이라도 키워야 하기 때문이다.

몰라서 용감했고
알면 성장한다

# 초보 라이더를 위한 최소한의 정보

자이로드롭은 죽을 때까지 탈 생각이 없다. 바다는 허벅지 깊이만 돼도 무섭다. 그보다 얕더라도 물 밑에 수초라든가 뭐든 생명체가 보이면 재빨리 탈출한다. 전기톱이나 예초기 같은 공구를 볼 때마다 저 기계 또는 그것을 들고 있는 사람이 오작동을 일으켜서 나를 해칠지도 모른단 상상을 하곤 한다.

그렇지만 바이크에 대해선 나름 과감했다. 전적으로 잘 몰라서였을 것이다. 바이크 관련 인터넷 검색과 정보 수집이 가장 활발했던 입문기, 인터넷으로 가장 많이 접했던 위기 상황은 언덕길에서 시동이 꺼진다거나 타이어에 못이 박힌다거나 중고 바이크 구입 과정에서 호구로 전락하는 경우였다. 이 외의 위기에 대해선 전혀 몰랐고 그냥 해맑게 타기만 하면 되는 줄 알았다.

예를 들어 2종 소형 면허를 따자마자 BMW에 바이크 시승을 요청했다. 크고 무겁고 배기량이 높아 초보자가 타기에는 어려운 기종이었다. 어찌하다 시승이 흐지부지되긴 했지만, 바이크 면허만 있으면 다 되는 줄 알았다. 만일 그대로 탔다면 최소한 서너 번은 넘어졌을 것이다. 바이크를 살짝 긁는 정도의 사소한 흠집은 어찌저찌 용서받을 수 있겠지만, 부품 교체가 필요한 수준의 상처를 입힌다면 당연히 내가 그 비용을 부담해야 한다. 그뿐만 아니라 수리하는 동안 다른 기자들에게 시승 바이크를 제공하기 어려워질 수 있기 때문에 대단히 민폐이기도 하다.

첫 바이크 울풍이를 탈 때는 과속을 즐겨 했다. 바이크는 당연히 스피드를 위한 기계라고 생각했고, 최대한 빨리 달려야 내 실력을 증명할 수 있고 멋져 보일 거라고 여겼다. 그래서 125cc인 울풍이를 쥐어짜 시속 100km로 달렸다. 심지어 초반에는 울프125의 기어 변속 방식이 여느 바이크와 달리 로터리식이라는 걸 몰라서 저단 기어를 넣은 채로 그렇게 달렸다. 여느 바이크는 중립에서 변속 페달을 내리면 1단, 다시 발등으로 차올리면 2~5단까지 올라가는 방식이지만 로터리식은 1

단에서 변속 페달을 밟아 내릴 때마다 기어 단수가 올라간다. 하지만 갓 면허 학원을 졸업한 나는 전혀 몰랐고 저속에 맞는 기어 단수로 고속 주행을 했다. 그로 인해 당시 울퉁이로 달릴 때마다 악마가 철판을 찢는 듯한 불길한 주행음이 났는데 그저 오래된 바이크라 그러려니 했다. 지금 생각하면 좀 낯뜨거운 과거다.

라이딩 재킷, 장갑, 부츠 등의 안전 장비가 필요 없다고 생각했던 것도 잘 몰라서였다. 입문 극초반에는 그런 물건들이 산악회 아저씨들의 장비 욕심처럼 약간 쓸데없게 느껴졌었다. 사고가 났을 때 사람이 어떻게 바이크에서 튕겨 나가는지, 충돌 후 수백 미터씩 바이크와 라이더가 지면에 쓸려 나갈 수 있으며 그 과정에서 바이크 부품과 헬멧과 심지어 피부가 노면에 갈려 나간다는 사실을 알게 되고 나서는 생각을 고쳐 먹었지만 말이다.


2종 소형 면허 시험장이나 학원을 갓 졸업한 입문자에게는 실질적인 정보와 라이딩 스킬을 가르쳐 줄 전문가의 도움이 절실하다. 먼저 입문한 바이크 동지가 없는 경우 현실적으로 가장 좋은 방법은 대림모터스쿨이다. 스쿠터 입문자부터 매뉴얼 초보, 중급자, 고급자를 대상으로 한 다양한 커리큘럼을 운영하고 있다. 정말 간신히 바이크를 움직일 정도만 가르쳐 주고 내보내는 면허 학원과 달리 기초부터 중고급까지 세분화된 교육을 집중적으로 받을 수 있다. 수업 1회당 수강생 수가 적게는 두세 명, 많아도 10명 이하이기 때문에 어느 정도 맞춤형 교육도 이뤄진다. 교육 중 뒤처지는 수강생은 교관님의 뒷자리에 타고 집중 교육을 받는 식이다. 수강료가 20~30만 원대지만 결코 아깝지 않은 수업이고, 스스로의 안전과 장수에 투자한다고 생각하면 충분히 낼 수 있는 돈이다.

나 역시 입문기를 벗어나고 난 후에도 꾸준히 중급, 상급 코스까지 들었고 앞으로는 연 2회 정도는 상급 코스를 반복 수강할 계획이다. 내 경우는 그동안 대림모터스쿨에서 '뻣뻣하다'는 지적을 가장 많이 들었고 누적 교육 횟수가 8회 정도임에도 꿋꿋하게 뻣뻣하다. 아무래도 유턴 등 보다 섬세한 조작이 필요한 상황에서 긴장하기 때문일 것이다. 교관님의 교육을 100% 쑥쑥 흡수하는 수강생도 가끔은 있겠지만 대부분은 교육 한 번으로 모든 문제를 개선하지 못한다. 그저 꾸준히 배우고 연습하고 전문가의 지적을 받다 보면 어느 순간 나아지는 것이다. '이 정도면 괜찮게 탄다'고 자만하기 쉬운 시점에 다시 초심으로 돌아가 겸손하게 바이크를 타게 되는 효과도 무시할 수 없다.

수도권 거주자가 아니라서 대림모터스쿨을 가기 어렵다면 인터넷으로든, 현실에서든 좋은 조언자를 찾아야 한다. 특히 같이 달리면서 내가 위험하게 차선을 바꾸고 있지는 않은지, 주행 중 바이크가 멈추는 등의 예상치 못한 일이 생겼을 때(입문자에게는 자주 발생한다)는 어떻게 대처해야 하는지 알려 줄 사람이 절실하다. 그마저도 어렵다면 바이크 커뮤니티를 적극적으로 활용하는 수밖에 없다. 다른 동호회도 많지만 특히 트위터에는 바이크 입문자들을 위해 언제든 달려갈 준비가 된 라이더들이 있다. 게다가 여성과 페미니스트를 열렬히 환영하는 이들이다.

좋은 조언자인지 아닌지를 구분하기가 쉽지는 않을 것이다. 하지만 몇 가지 기준은 있다. 불법과 과속을 개의치 않는 이들, 뒤에서 따라오는 입문자를 배려하기보다 본인의 라이딩 스킬을 과시하고 싶어 하는 부류, 특정 바이크(장르)를 무시하는 자들은 피하는 게 좋다.

언젠가 밤바람을 쐬고 싶어 달려간 임진각에서 바이크 초보와 함께 온 라이더를 만난 적이 있다. 이런저런 담소를 나누는데 경찰이 오더니 "(이륜차 진입이 금지된) 자유로에서 특정 제조사의 바이크가 달리고 있다는 신고를 받았는데 선생님 아니시냐"고 묻는 것이었다. 기종과 그 라이더의 표정을 봤을 때 경찰은 번지수를 제대로 찾았다. 하지만 그 라이더는 끝까지 아니라고 부정했고, 경찰은 CCTV까지 뒤져 증거를 제시하기엔 바빴는지 운전 주의하시라는 말만 남기고 떠났다. 법을 어기는 사람을 선생님으로 삼으면 안 된다.

인터넷의 주요 바이크 커뮤니티로는 입문자들이 모르고 지나칠 수 없을 정도로 큰 바튜매, 클래식 바이크를 중심으로 하는 터널비전, 연식 20~30년 전후의 올드 바이크를 사랑하는 이들의 동호회인 올드바이크매니아 등이 있다. 할리데이비슨 오너들은 전국에 지부를 둔 H.O.G(호그)를 통해 주로 모인다. 바이크가 특정 성별에 치우친 감이 있는 취미라서 그런지 상당수의 바이크 커뮤니티에는 여성을 성적 대상화하는 사진이나 글이 많이 올라온다. 이 부분을 스킵하고 필요한 정보만 쏙쏙 가질 수 있는 강철 멘탈이 아니라면(웬만한 사람도 지치는 일이긴 하다) 여성 라이더 중심의 느슨한 모임인 치맛바람라이더스를 유튜브, 트위터에서 쉽게 만날 수 있다. 과거에는 아프로디테 등 제법 큰 여성 라이더 동호회가 온라인 카페 형태로 운영됐지만 최근에는 지역별로 카톡방, 인스타그램 등을 통해 모이는 추세다. 바이크를 통해 타인을 만나기 꺼려지는 상태이거나 바이크 정보부터 접하고 싶다면 유튜브에서 애월조단, 한가롬을 구독해 보자. 조근조근 차분한 설명과 함께 영상을 볼 수 있다. 글로 정리된, 다양한 바이크 기종과 용품, 입문기, 추천 코스 등이 궁금하다면 검색창에 '두유바이크'를 찾아 1회부터 정주행해도 좋다. (저의 연재글이다, 옛헴)

흐름을 파악해야

몸, 마음 안전을 지킬 수 있다

# 라이더가 도로에서 유의할 것

2종 소형 면허를 따기 전에도 이미 사륜차 운전 경력이 4, 5년은 됐다. 가장 복잡한 시간대의 서울 시내 운전이나 끼어들기, 주차 등은 전혀 두려움의 대상이 아니었다. 하지만 바이크 운전은 또 다른 이야기였다. 바이크 라이더는 도로 위에서 누구보다도 세심하게 도로의 흐름을 파악해야만 스스로의 정신 건강과 안전을 지킬 수 있다.

가장 놀라운 점은 도로의 사륜차 운전자들이 바이크에 올라탄 나를 (살짝 과장해서) 유령 취급한다는 것이다. 그들은 내가 달리고 있는 차선을 이미 반 가까이 침입한 다음에나 나를 발견하고는 화들짝 놀란다. 일부 뻔뻔한 운전자들의 경우 내가 점유하고 있는 차선의 빈 공간이 상대적으로 많으니 조금쯤 공유해도 된다고 생각하는 것도 같다. 분명 내가 옆 차선에서 달리고 있는데도, 뻔히 나를 바라보며 내 바이크를 들이 받을 기세로 차선 변경을 시도하기도 했다. 한때는 그런 무례한 운전에 분노해 경적을 울리며 노려보기도 했지만 그런다 한들 결코 무매너 운전자들의 수가 줄어들지는 않는다는 사실을 깨달았다. 이제는 거의 체념하게 되었고, 그들을 바꿀 수 없다면 내가 방어 운전을 철저히 해야 한다고 결론을 내렸다.

이런 마음가짐을 굳힌 계기가 더 있었다. 야간에 사륜차를 운전하던 중이었다. 차선을 변경하려는데 바로 뒤에서 바이크가 나타나는 바람에 화들짝 놀라고 말았다. 바이크를 타는 주제에, 그렇게 무신경한 사륜차들에게 분노했던 주제에 정작 내가 똑같은 짓을 저지를 뻔한 것이다. 사륜차의 시야 사각지대는 확실히 무시 못 할 한계라는 생각이 들면서 예전만큼 사륜차에 화를 내지 않게 됐다. 기본적으로 주변의 사륜차 운전자들은 나를 못 보고 있다고 간주하는 것이 낫다.

사륜차든 이륜차든 도로 경험 없이 바이크를 시작하는 이들은 도로의 흐름을 읽는 연습에 공을 들여야 한다. 기본적으로 내 앞차와 그 앞차, 내 옆 차와 뒤차 정도는 확인하며 달려야 한다. 앞 차 운전자가 성실히 깜빡이를 넣는 타입이 아니라면 언제 갑자기 차선 변경을 시도할지 모르니 먼저 추월해서 멀찌감치 떨어지는 편이 낫고, 내 앞앞 차가 급제동하는 바람에 애꿎은 내 앞차와 내가 충돌할 가능성을 염두에 둬야 한다. 또 사륜차 운전자는 바로 옆 사각지대의 바이크를 못 볼 가능성이 크기 때문에 사각지대에서 최대한 빨리 탈출해야 한다. 또 옆 차가 언제 내 차선으로 끼어들지, 뒤차가 차선을 바꿔 나를 추월할지도 확인해야 한다.

선팅이 너무 진한 차만 아니라면 차량 내 운전자의 고갯짓 등도 도로 흐름을 예측하는 데 도움이 된다. 운전자가 바라보는 방향으로 갑자기 차선을 변경하거나 좌회전, 우회전 할 가능성이 있다. 또 아주 천천히 가고 있는 차의 바퀴 방향이 갑자기 왼쪽, 오른쪽으로 움직인다면 역시 차선 변경 등의 여지가 있다. 글로 써 놓으니 상당히 고급 스킬처럼 보이지만 도로에 조금만 익숙해진다면 계단을 오르내리는 것처럼 큰 노력이 필요치 않게 될 것이다.

또 바이크 사고의 대다수는 교외가 아니라 복잡한 시내에서, 특히 교차로에서 일어난다는 사실을 꾸준히 되새겨야 한다. 일부 바이크의 과속 주행, 위험한 주행도 문제긴 하겠지만 사륜차 운전자들의 위험한 주행과 부주의로 사고가 날 가능성도 높다는 의미다. 교차로는 신호가 바뀌기 직전임에도 결승점을 눈앞에 둔 레이싱카처럼 과속하는 차, 불법 유턴의 기회를 노리는 차, 직진 차선임에도 막판에 좌회전 차선에 끼어들려는 차 등 예측 불가한 위험 요소가 너무나 많다. 이 때문에 신호가 바뀌었다 해도 한 템포 늦춰서 출발하는 게 현명하다.

가장 중요한 것은 내가 상식적으로 운전해도 다른 운전자는 얼마든지 그렇지 않을 가능성이다. 뒤에서 이야기 할 내 첫 사고처럼 정말 예상도 못 한 이상한 시점에 손님을 태우거나 내려줘야 하는 택시가 무수히 많다. 왠지 모르겠지만 인도가 아니라 차도로 내려와 택시를 잡으려는 행인들도 종종 눈에 띈다. 멀쩡히 신호 대기선에 서서 신호를 기다리고 있는데 어찌 된 일인지 바로 앞의 바이크를 못 본 차량이 제때 멈추질 않아 바이크를 들이받는 경우도 종종 있기 때문에 뒤에서 접근하는 차도 유심히 눈여겨봐야 한다. 최근에는 한남대교(횡단보도 따위는 없는 구간이다)를 킥보드로 무단 횡단하는 바람에 놀란 바이크 운전자를 쓰러뜨리고 뒤따르던 사륜차와의 접촉 사고까지 야기한 사건도 있었다.

킥보드 이야기가 나온 김에, 보행자도 조심해야 한다. 자유로(일부 구간 빼고는 이륜차 통행 금지인 무려 왕복 10차선 도로)를 걸어서 횡단하려는 주정뱅이에 대한 목격담을 들은 적이 있다. 횡단보도가 아닌 곳에서 튀어나오는 보행자는 흔하다. 도로가 한적하다면 상관없지만, 10~20m 떨어진 횡단보도의 녹색등만 보고 횡단보도가 아닌 곳에서 신호 대기 중인 차 사이를 뚫고 횡단하는 이들도 종종 있다. 맨 오른쪽 차선에서 움직이고 있던 이륜차 입장에서는 갑자기 차 사이에서 사람이 나타나 놀라거나 최악의 경우 충돌할 수 있기 때문에 사방 주시를 게을리해선 안 된다. 도로에서는 어떤 일이라도 벌어질 수 있으니 무조건 방어 운전으로 나의 무사할 확률을 높여야 한다.

때론 넘어져야

웃을 수 있다

## 제꿍 트라우마 맞서기

바이크를 탄 이래 제꿍은 언제나 두려움의 대상이었다. 제꿍은 라이더 대부분이 겪는 일이긴 하지만 키가 크고(그렇지 않으면 시트고가 높은 바이크를 탔을 때 까치발 상태가 되기 때문에 아무래도 불안정하다) 근력이 세면(바이크가 어지간히 넘어져도 힘으로 버틸 가능성이 커진다) 제꿍 확률이 줄어드는 것으로 추정된다. 물론 관건은 바이크를 다루는 실력이다. 아는 라이더 중엔 바이크 경력 10년이 넘어도 제꿍 횟수가 '0'인 사람도 있다. 제 다리로 걷다가도 넘어지는데 바이크를 한 번도 넘어뜨린 적이 없다는 건 참 신기한 일이다.

　기억하기로 지난 5년여간 내 제꿍 횟수는 14회 정도다. 익숙한 내 바이크만 계속 탔다면 횟수가 절반 이하였겠지만 익숙지 않은 시승용 바이크, 특히 크고 무겁고 시트고가 높은 바이크로 왕복 2차선 이하의 좁은 길에서 유턴하다가 넘어진 횟

수만 6, 7번은 되는 것 같다. 정지 상태에서의 제꿍은 넘어지면서 뜨거운 엔진이나 머플러에 다리를 데는 경우가 아니라면 대체로 바이크에 조그만 흠집만 남거나, 그마저도 없이 멀쩡하게 상황이 종료된다. 유턴 중 제꿍 역시 저속으로 유턴하다 삐끗하면서 넘어지는 만큼 나도 바이크도 다칠 가능성이 작긴 했지만 실력 부족으로 발생한다는 점에서 상당히 답답하고 스트레스를 받게 된다. 특히 바이크 전문 기자들이 모이는 시승 행사에서 그분들처럼 멋있게 유턴은 못 할지언정 쓰러져 버리면 심지어 분하기까지 하다.

왕복 4, 6차선 도심 도로나 다니던 초보 시절에는 유턴이 어렵다는 것조차 몰랐다. 하지만 이제 조금 자신이 붙은 3년 차쯤, 무게가 250kg의 빅스쿠터인 BMW C650을 시승한답시고 포천 산정호수 근처를 돌던 중 유턴 과정에서 넘어졌다. 어설프게 유턴하다 아주 저속 상태에서 '어어어~' 하며 넘어진지라 나도 바이크도 다치지는 않았지만 문제는 넘어진 장소였다. 차 1.5대가 간신히 지나갈 법한 좁은 길에서 넘어진 바이크가 뒤따라오던 차들을 막게 된 것이다. 혼자 끙끙대며 열심히 바이크를 일으켜 봤지만 꼼짝도 하지 않았다. 결국 바로 뒤에서 초조하게 나를 기다리던 차주의 대학생쯤 돼 보이는 아드님이 내려 도와주신 덕분에 창피한 제꿍의 현장을 벗어날 수 있었다.

그 후로 수년간 제꿍은 내 두려움의 대상이었고 실력 부족에 대한 자아비판의 원인이었다. 새로운 바이크를 탈 때, 조금 험한 길을 달릴 때마다 넘어지지 않기 위해 긴장을 늦추지 말아야 했다. 하지만 그렇게 안 넘어지는 데 집중하다 보면 또 아쉬운 부분이 생긴다. 모터사이클을 타면서 언제나 조심해야 하는 것은 맞지만 너무 몸을 사리느라 편한 길로 다니거나 유턴 횟수를 줄이다 보면 실력이 느는 데 한계가 있다. 트라우마는 정면으로 부딪쳐서 이겨내야 하는 법이다.

다행히 정면으로 부딪쳐 두려움을 극복할 계기가 찾아왔다. 앞서 알게 된 '검의전설' 님으로부터 행오프를 배우게 된 것이다. 그는 본인이 내킬 때 바이크 교습 프로그램 '야매 스쿨'을 운영해 왔다. 행오프는 코너나 헤어핀(머리핀의 맨 끝부분처럼 180도로 구부러진 길)을 안정적으로 돌기 위해 바이크와 라이더의 무게 중심을 지면으로 최대한 기울이는 기술로, 무릎 보호대가 지면에 스치면 일단은 성공이다. 처음에는 해내지 못할 거라고 생각했지만 결국 해냈고, 그 과정에서 세 번쯤 넘어졌다.

사실 원돌기를 하다 넘어질 때는 제꿍이 아니라 '슬립(바이크가 넘어지며 쭉 미끄러지는 사고)'에 가깝다. 넘어지면서 바로 바이크가 멈추는 게 아니라 바이크와 사람이 함께 넘어지면서 바닥에 쓸리기 때문이다. 다행히 평소의 라이딩 복장보다 보호 기능이 탁월한 전신 수트를 입고 있었기에 행오프를 연습하다 넘어져도 다음 날 약간 욱신거리는 정도의 부상만 입었다. 그렇게 거의 완벽히 보호된 상태에서 넘어졌기 때문에 가능한 일이지만 두 번째 넘어질 때쯤부터는 묘한 해방감이 두려움을 넘어섰다. 넘어져도 별것 없구나, 그렇게 무섭지도 않은 것을 무서워했구나, 싶었던 것이다. 그래서 넘어져도 웃으면서 일어날 수 있었다.

물론 도로 한가운데에서 넘어지면 웃기 어렵다. 그리고 제꿍 트라우마를 완전히 이겨내지도 못했다. 이제 익숙한 바이크라면 거의 넘어질 일이 없다고 나름 자신하고 있지만(물론 가끔 회의감이 몰려온다), 여전히 낯설고 큰 바이크로 유턴할 때는 긴장을 늦추지 않고 있다. 그럼에도 내 트라우마에 정면으로 맞선 결과 마음의 평화를 찾았으며 어느덧 제꿈이 극복 가능한 난관으로 보이기 시작했다는 점에서 앞으로도 내 인생의 큰 성취 중 하나로 기억될 것 같다. 그렇게 어려울 일, 실패할 일 없는 인생을 살아왔지만 서른, 마흔을 넘어서도 끊임없이 도전하고 뿌듯해할 여지가 있다는 것은 참 좋은 일이다.

떨어진 낙엽도
꼭 다시 보자

# 도로 위 위험 요소

바이크는 두 바퀴로 움직이다 보니 사륜차와는 달리 조심해야 할 것이 많았다. 바이크를 시작하기 전 인터넷 검색을 통해 알고는 있더라도 실제로 경험해 보면 아찔하다. 모래, 낙엽, 젖은 도로, 맨홀 뚜껑, 복강판… 바이크를 탈 때 조심해야 하는 수많은 위험 요소 중 일부다.

모래의 위험성을 깨달은 때는 생초보 시절이었다. 울풍이로 두어 달쯤 즐겁게 바이크에 입문하고선 겁도 없이 시승에 나섰다. 대부분의 바이크 회사는 시승기 작성을 위한 미디어용 바이크를 준비해 두고 있다. 그래서 당시 혼다에서 추천받은 125cc 바이크인 MSX125를 빌려 북악스카이웨이에 올랐다. MSX125는 좋은 바이크였고, 10년 먹은 울풍이의 시동을 자꾸 꺼뜨려 먹는 이유가 내 실력 미숙 때문만은 아니라는 사실을 알게 해 줬다. 변속하거나 저속으로 주행해도 시동이 꺼

꺼지지 않았고, 울풍이보다 훨씬 힘좋게 출발하고 달렸다. 물론 울프125와의 근본적인 스펙 차이 때문이기도 했지만 울풍이의 상태가 그닥 좋지 않다는 걸 MSX125 덕분에 알게 됐다. 참고로 MSX는 입문용으로 강력히 추천하는 바이크이기도 하다.

즐겁게 북악스카이웨이의 정점인 팔각정을 지나 다시 내려오는 길에 문제의 모래와 마주쳤다. 아주 시내 중심에 위치한 도로라고 해도 도로변 끄트머리, 갓길 등지에는 어디선가 나온 모래나 아주 작은 돌멩이 같은 것들이 모여있기 마련이다. 산속에 난 길인 북악스카이웨이도 마찬가지다. 구불구불한 북악스카이웨이 도로를 내려오면서 흙모래를 밟자마자 바이크가 휘청거렸다. 어찌저찌 균형을 잡아 넘어지진 않았지만 내려오는 내내 심장이 두근거렸던 기억이 난다. 그 이후로는 바이크를 탈 때마다 도로 위에 무엇이 있는지 유심히 관찰하는 버릇을 들이게 됐다.


기본적으로 타이어의 마찰력을 떨어뜨리는 물체는 위험 요소다. 매끈매끈한 맨홀 뚜껑과 주차장의 초록색 바닥, 빗물에

젖은 낙엽 뭉치, 빗길도 마찬가지다. 직진할 때는 평소보다 살짝 조심한다는 느낌으로 달리면 상관없지만 위험 요소 위에서 멈출 때, 출발할 때, 방향을 틀 때는 순간적으로 마찰력이 떨어져 휘청이다(실제로 휘청이는 것은 바퀴이기 때문에 '뒷바퀴가 털린다'는 표현을 쓴다) 넘어질 수 있기 때문에 언제나 주의해야 한다. 위험 요소 앞에서 브레이크를 잡는 게 가장 위험하니 최대한 평상시처럼 지나가야 한다. 다행히 요즘 출시되는 최신 바이크에는 도로 상황이 어지간히 나쁘더라도 알아서 미끄러짐과 휘청임을 잡아주는 ABS 기능 등이 적용돼 있어 걱정할 일이 줄었다. 그런 바이크만 팔 수 있도록 먼저 법제화한 유럽 시장 덕분에 바이크 제조사들이 의무적으로 ABS를 장착하기 때문이다.

하지만 아무리 최첨단 바이크로 조심한다 해도 불의의 사고가 발생할 수 있다. 강원도 어딘가의 매우 한적한 국도를 지나는데 어디선가 튀어나온 백구 한 마리가 바이크를 향해 달려왔다. 정말 귀여운 백구였고 아마도 내가 반가웠던 것 같지만 그 순간에는 내 바이크가 백구의 생명을 위협할 수 있다는 생각에 아찔해서 급히 피했었다.

어느 아침에 양평 만남의 광장 휴게소(양만장이라고 줄여 부르며 강원도로 향하는 수도권 라이더들이 많게는 백 명도 모이는 장소)로 가다 만난 미지의 무언가도 기억이 선명하다. 집결 시간에 조금 늦을 것 같아 최대한 빨리 달리는 중이었는데, 4차선 도로의 중앙 분리대를 넘어 내 쪽으로 날아오는 네모난 나무판이 눈에 들어왔다. 지금 생각하면 주행에 지장을 줄 만한 무게의 나무판이 그렇게 가볍게 날아올 리 없긴 하다. 그렇지만 그 짧은 순간에는 분명 심각한 위협으로 판단됐다. 어쨌거나 네 귀퉁이가 90도 각도를 흐트러짐 없이 유지한 채 날아오고 있었기 때문이다. 옆 차선으로 피할 틈도 없이 결국 정면 돌파했고, 다행히 그것의 정체가 무엇이었든 부딪혔으나 별다른 영향은 없었다. 무사히 위기에서 벗어난 나는 그날 두세 번 더 그 순간을 복기하면서 '별일 아니어서 다행이다'라고 되뇌었다. 혹시나 그 물체가 정말 무거운 나무판이어서 고속 주행 중 슬립한다거나 슬립 후 내 몸이 튕겨 나가 다른 차에 부딪혔다면, 하는 아찔한 상상도 해 봤다. 그런 순간을 지나게 되면 살아있다는 게 참 좋은 일이구나 싶기도 하다.

　　바이크 고수들도 어이없는 사고를 당한다. 바이크 경력이

30년에 육박하는 한 지인은 ABS가 장착된 BMW 바이크로 쭉 뻗은 국도를 달리던 중 영문도 모르고 슬립하는 바람에 쇄 골이 부러지는 고통을 겪었다. 길 위에 떨어진 소량의 오일(출처 및 정체불명)이 원인일 것으로 추정할 뿐이다. 요점은 바이크를 내 몸처럼 자유자재로 다루는 이들조차도 도로의 위험 요인, 그것도 아주 하찮은 것들 때문에 고통받는다는 사실이다.

하찮은 무언가가 내 인생을 끝내 버릴 가능성을 상상하다 보면 자연스럽게 삶의 태도를 가다듬게 된다. 그 가능성이 현실화됐을 때 중요한 건 오직 하나라는 사실이 분명해지기 때문이다. 소중한 사람들에게 내가 마지막으로 한 말이 따뜻했기를. 그것뿐이다.

K-오지랖은
선한 영향력이다

# 라이더를 향한 도움의 손길

지금도 돌이켜 볼 때마다 신기한 일은, 내가 도로 위에서 바이크로 인해 고통받을 때마다 반드시 누군가 나타났다는 점이다.

첫 기억은 청량리 한복판에서 울풍이를 인계 받아 타고 가다 처음으로 시동이 꺼졌을 때였다. 셀 버튼이 잘 먹히지 않는 바이크를 살리는 법 따위 몰랐던 나는 애꿎은 셀 버튼만 눌러가며 중고 거래에 실패했다는 불길한 느낌에 휩싸여 있었다. 그런데 길을 가던 어떤 아저씨가 어찌저찌 시동을 다시 걸어 줬고, 고맙다며 고개를 들었을 때 그는 이미 홀연히 사라진 후였다. 공도주행 첫날의 은인으로 영원히 기억할 계획이다.

그리고 같은 날, 청계천 동대문 구간에서 이번에는 택시에 살짝 치였을 때도 마찬가지였다. 청량리를 떠나 동대문으로 접어들어 청계천을 따라 달리기 시작할 때쯤 1차선으로 앞서 가던 택시가 승객 하차를 위해 갑자기 2차선으로 끼어들며 멈

췄고 그게 하필 내 앞이었다. 지금이라면 대응이 가능했겠지만 도로 주행 첫날이었던 나는 약 0.3초가량 브레이크를 어떻게 잡아야 하는지 고민했던 것도 같다. 결국 제동이 늦어지면서 택시 뒷부분을 살짝 받고 넘어졌다. 안전 장구도 전혀 갖추지 않은 상태였기 때문에 넘어지면서 손바닥이 쓸리고 다리는 멍들었다. 급한 차선 변경 및 정차로 사람을 넘어뜨린 게 미안했던 택시 기사와 운전 미숙이 찔렸던 나의 이해관계가 대강 맞아떨어져 서로 좋게 이야기하고 끝내긴 했다. 이때 내 바이크를 세워 주고 도와준 이들은 심지어 동대문에 쇼핑 온 외국인들이었다. 공도주행 첫날의 두 번째 은인들이다.

바이크에 어느 정도 익숙해진 후에도 마찬가지였다. 곤란한 상황에선 누군가는 반드시 나타나 묻지도 따지지도 않고 도와줬다. 언젠가는 인적이 드문 내리막길에서 바이크를 제꿍하는 바람에 혼자서 도저히 들어 올릴 수 없는 상황이었다. 10분가량 혼자 낑낑댄 끝에 편한 차림으로 어린 아들과 함께 산책 중인 동네 주민 아저씨를 발견하고는 뻔뻔스럽게도 먼저 도움을 요청해 바이크를 일으킬 수 있었다. 그분은 "아이고 내가 오토바이를 잘 몰라서 다시 넘어뜨리면 어쩌나…"라고 걱정하시면서도 내 요청에 매우 적극적으로 응하셨다.

처음에는 내가 여자라서, 바이크를 잘 못 다룰 것 같아 보여서 누군가 잽싸게 도와주러 오는 건 아닐까 생각했다. 그런데 남성 라이더들도 그런 식으로 수차례 도움을 받았다는 경험담을 듣고 나를 도와준 선량한 이들에게 고마워하는 데 집중하기로 했다. 라이더끼리라면 도움의 강도가 한층 더 세진다. 안 쓰는 무릎 보호대를 거저 준다거나 하는 나눔은 물론이고, 도로 위에서 조난(!)당한 라이더를 보게 되면 십중팔구는 바이크를 세우고 무슨 일이냐며 묻는다. 내가 속한 바이크 동호회역시 바이크 사고를 목격하자마자 노련한 회장님의 지휘하에멈춰서 사고 당사자의 상태를 확인하고 구급차를 불렀다. 이모습을 본 인근 주민 역시 질 수 없다는 듯 물을 떠다 사고 당사자에게 제공하기도 했다. 한국인 특유의 K-오지랖이 싫을때도 많지만 그래도 역시 도움을 거절하지 않는 좋은 사람들이라는 생각이 드는 순간들이다.

그렇게 K-오지랖의 덕을 본 사람은 자연스럽게 오지랖을실천하기 마련이다. 2년 전쯤, 인사동 부근에서 라이더의 부주의로 발생한 사고를 목격한 적이 있다. 내 앞에서 매너 없이 주행하는 그 라이더의 모습을 이미 봤던지라 딱히 안타깝지 않았다. 그럼에도 사고 현장에 곧바로 내 바이크를 세우고는 그 라이더의 주머니에서 튀어나와 도로에 나뒹구는 스마트폰을 챙겨 준 후 부상이 없는지도 한번 묻고 내 갈 길을 갔다. 그리고 슬픈 이야기지만, 내가 속한 동호회의 또 다른 지인은 치명적인 사고를 당한 생면부지의 누군가를 위해 손에 피를 묻히며 구급차가 도착할 때까지 심폐 소생술을 하기도 했다.

라이더끼리의 연대감은 매우 강력하다. 아무래도 여전히 소수의 취미라는 점, 바이크 라이딩의 재미와 해방감을 공유할 수 있는 상대라는 점 때문인 것 같다. 그래서 국도 맞은편 차선에서 라이더를 발견하면 거의 무조건 서로 손을 들어 인사한다. 개중에는 '흥부자'들도 있다. 분명 헬멧으로 얼굴을 가리고 있음에도 흥겨움이 느껴지는, 오랜만에 주인을 만난 대형견처럼 번쩍 팔을 들어 반갑게 흔들고 사라지는 라이더들이다. 일상에서 탈출한 상태이기에 생면부지인 사람들끼리도 그렇게 반가운 것이다. 바이크 투어 중 들른 휴게소에서는 낯선 라이더들과 스스럼없이 "어디서 오셨어요?", "바이크 멋지네요" 등의 대화로 시작해 한 시간이나 수다를 떨기도 한다.

워낙 입문자들을 위한 교육 인프라가 미비한 상황에서, 부러 본인의 시간과 노동력을 써 가며 초보 교육을 돕는 이들도 있다. 야매 스쿨은 앞에서도 언급한 '검의전설'님이 내킬 때 운영하는 교습 프로그램이다. 나도 초보 티는 벗었지만 여전히 섬세한 조작이 어려운 상태에서 두 번의 교습만으로 원을 돌며 무릎을 긁는 기술을 해 보는 쾌거를 거뒀다. 모터사이클 레이서들이 서킷에서 코너를 돌 때 무릎은 물론이고 어깨까지 바닥에 스치는 바로 그 모습보다는 훨씬 엉성하지만, 바이크를 시작한 후 최고로 뿌듯한 순간이었다.

'야매스쿨' 외에도 여성친화적인 바이크 모임인 '치맛바람라이더스'가 입문자들에게 열려 있다. 새로운 바이크 문화를 만들고 싶어 하는 이들이 치맛바람라이더스의 이름으로 활동 중이며 유튜브, 트위터에서 바이크 관련 콘텐츠와 도움의 기회까지 얻을 수 있다. 여성이라면 제 회사 메일(ginger@sedaily.com)로 도움을 구하셔도 좋다. 정말 백지상태일 때 어디서부터 시작점을 찾고 기준을 잡아야 할지 최선을 다해 알려드릴 계획이다. 바이크는 혼자서 배울 수도 있지만 누군가의 도움이 있다면 더 안전하고 효과적이다.

열심히 공부하고 복습해서

꼭 뭐가 될 필요는 없다

# 라이더의 공부

어느덧 바이크는 내 정체성의 일부이자 일상이 됐다. 바이크 배기음은 언제든 내 고개를 돌리게 한다. 소셜 미디어에서 해외의 바이크 관련 계정을 팔로우하고 예쁜 바이크를 보면서 매일같이 감탄하고 있다. 인스타그램의 어떤 라이더들은 옷, 헬멧, 신발, 고글까지 워낙 바이크와 어울리게 매치하고 다녀서 매번 부러워하며 구경한다. 바이크의 장르, 색감까지 종합적으로 고려하는 안목은 나에게 없기 때문이다. 개인적으로 패션에 조예가 매우 없긴 하지만, 패셔너블한 바이크 & 라이더 룩은 똑같은 티셔츠나 비슷한 색깔로 어느 정도 효과를 거둘 수 있는 연인들의 커플룩보다 더 고차원적인 패션 센스가 필요하다고 생각한다.

이제는 서울의 맛집뿐만 아니라 각 지역 맛집도 수집해 지도에 찍어 둔다. 언제든 그 지역으로 바이크 투어를 갈 수 있기 때문이다. 그렇게 찍어둔 집이 찐빵에 단팥죽을 부어 내는 진주의 수복빵집, 닭구이가 맛있다는 구례의 당치민박산장, 가끔 서울에서도 캔맥주로 접할 수 있는 울산의 맥줏집 화수 브루어리 같은 곳이다. 언제 갈진 모르지만 생각만 해도 호랑이 기운이 솟아난다.

앞으로도 즐겁게 타려면 꾸준히 연습하고 복습하는 시간이 필요하다. 안전하게 오래 타려면 운과 실력이 모두 따라줘야 하는데 운은 내 의지대로 안 되니 실력이라도 키워야 하기 때문이다. 그래서 바이크로 핸드 드립 커피가 맛있다는 카페를 찾아가면서 대림모터스쿨에서 배운 바른 자세를 연습해 보고 교외의 와인딩 로드에서는 코너를 돌아 달릴 때마다 내 자세와 스로틀 조작과 속도에 주의를 기울여 보기도 한다. 물론 아무런 생각 없이 넋 놓고 다닐 때가 더 많긴 하지만 말이다.

책으로도 바이크를 복습할 수 있다. 국내 서점에서 구할 수 있는 바이크 관련 도서가 한 줌뿐이기 때문에 누구나 전권 독파가 가능한데 데이비드 허프의 《죽지 않고 모터사이클 타는 법》과 마크 린데만의 《모터사이클 바이블》은 그중 가장 추천하고픈 책이다. '죽지 않고'는 조금 재미는 없지만 바이크를 타면서 위험할 수 있는 모든 상황을 총정리해 뒀기 때문에 이미지 트레이닝을 위해서라도 정기적으로 복습할 가치가 있다. '바이블' 역시 두고두고 다시 읽어 볼 만하다. 특히 기초 용어부터 자세히 설명하는 등 다른 입문서들보다 생초보에게 친절하며 실용적이다. 게다가 곳곳에 피식 웃게 만드는 유머도 숨어있다.

바이크 여행서도 적잖게 출간돼 있긴 하지만 라이더 11명의 인터뷰를 엮은 〈저공비행〉만큼 감동적인 책은 없었다. 모터사이클에 대한 순도 높은 열정을 듬뿍 담은 이 책을 통해 일본의 아소산 밀크로드 여행을 꿈꾸게 됐다. 사실 단순한 여행서는 아니고 무크지인 이 책은 2017년 발간된 첫 호 이래 소식이 없어 매우 아쉬울 따름이다.

인터넷에도 바이크에 대한 정보가 넘쳐나긴 하지만 틀린 정보, 너무 낡은 정보도 많다. 어느 분야든 마찬가지지만 진짜 전문가들은 신중한 반면 어설픈 이들이 쉽게 단정 지어 말하는 모습을 많이 본다. 정말 궁금한 내용이 있다면 인터넷에 질문하기보단 가까운 바이크 수리 센터나 판매점, 각 제조사의 라이딩스쿨을 찾아 직접 물어 보는 게 낫다. 바이크 전문지의 기자들에게 메일을 보내더라도 어지간하면 답해 줄 것이다.

그렇게 열심히 공부하고 복습해서 꼭 뭐가 될 필요는 없다. 가수 이효리 씨의 명언 "그냥 아무나 돼"처럼 말이다. 나는 타고난 성격이 뭘 해도 깊게 파고들지 못하는 편이라 바이크 역시 얕은 덕질에 그치고 있다. 20대의 나라면 내가 정말 바이크를 좋아하는 것 맞나, 그저 남들과 달라 보이고 싶은 건 아닐까, 내 삶을 좀 더 반짝이게 해 줄 조그만 액세서리로 생각하는 것 아닌가 고민했을 것이다. 그리고 애써 부정하면서 바이크 부품의 이름과 역할과 ABS의 원리 같은 것을 일부러 외웠을지도 모른다. 다행히 난 이제 "하하 전 타는 것만 좋아해요~세차도 귀찮아요~"라고 먼저 밝히는 솔직한 내일모레 사십이다. 그리고 얕은 덕질도 나에게는 충분히 즐겁다.

바이크를 너무나 열심히 사랑하는 사람들을 보면 신기하다가도 부럽다. 도로에서 그럭저럭 타는 것으로 만족하지 않고 서킷을 드나들기 시작하면서 결국에는 국내외 레이싱 등 각종 대회에 출전하는 사람들, 정비 기술까지 배워 본인 바이크는 스스로 관리하는 사람들이 부럽다. 모터사이클 산업의 역사라든가 주요 바이크의 계보에 밝은 이들도 존경스럽다.

그렇지만 신기하고 부러워서 억지로 그들을 흉내낼 필요는 없을 것 같다. 그리고 라이딩 스킬 역시, 바이크가 참 재미있고 당연히 잘 타고 싶고 앞으로도 꾸준히 배울 계획이지만 그렇다고 아주 특출나게 잘 타게 되진 않을 것 같다. 행오프는 어설프게 성공했지만 그렇다고 앞바퀴를 번쩍 드는 '윌리(wheelie)' 같은 걸 배워 본다거나(실제로 따로 모여 연습하는 라이더들도 있다) 레이싱에 입문할 생각은 없다. 그저 앞으로 두고두고 바이크를 타고 배우고 복습하면서 이 취미를 맛있는 사탕처럼 아껴 먹는 걸로 충분할 것 같다.

Part 3

말했지만 또 말할,
바이크에 대한
오해와 진실

수백 번 말보다

존재 그 자체로 증명한다

## 바이크는 위험할까

라이더들이 가장 지겨워하는 질문이 "안 위험해요?"다. 적으면서도 너무 지겨워서 왜 굳이 이 책에 이런 챕터를 집어넣었는지 후회될 정도다. 그럼에도 다시 마음을 다잡게 되는 이유는 바이크를 권하는 사람으로서의 의무감 때문이다. 최대한 많은 라이더가 무사고 경력을 유지해 줘서 '위험하냐'는 질문이 쏙 들어가길 바라는 마음 때문이기도 하다.

바이크에 입문하면서부터 숱한 사고 사례를 들었다. 2014년 당시에는 바이크를 타는 현직 여성 기자가 종합지, 경제지, 전문지를 통틀어 나밖에 없었기 때문에(전수 조사를 한 것은 아니라는 점을 밝혀 둔다) 바이크 업계에서는 매우 반가워했지만 '과거 바이크 전문지의 여기자가 스쿠터를 타고 귀가하던 중 뺑소니 사고로 돌아가셨다'는 이야기도 해 주었다. 이후 수년에 걸쳐 들은 다양한 사례 중 가장 무서웠던 이야기는, 교차로에서 이륜차와 사륜차의 충돌 사고가 발생했는데 이륜차 운전자의 시신을 며칠이나 찾지 못했다가 근처 2, 3층짜리 건물 옥상에서 발견한 사례였다.

그런데 겁부터 집어먹기에 앞서 알아 둬야 할 팩트도 있다. 한국도로교통공단에 따르면 2018년 이륜차 1만 대당 사고 건수는 68.1건으로 자동차(80.36건)보다 적었고 사망자 수는 이륜차가 1.9명으로 자동차(1.4명)보다 많았다. 이륜차 운전자가 아무래도 사고 시 사망 확률, 중상을 입을 확률이 높긴 하지만 이륜차의 사고율 자체가 높은 것은 아니라는 의미다.

그리고 이륜차 사고의 대부분은 바이크에 익숙지 않거나 배달업에 종사할 가능성이 높은 젊은 층에서 발생한다. 국회 행정안전위원회 소속 권미혁 더불어민주당 의원이 도로교통공단으로부터 받은 2014~2018년 이륜차 사고 현황에 따르면 사고 건수 9만2,490건 중 운전자가 10대인 경우가 23%(2만 1,330)에 달했고 21~30세도 20%나 됐다. 30대를 넘어서면 사고율이 급격히 줄어든다. 다양한 요인이 있겠지만 나이를 먹어 가며 더 많은 경험(주행 실력, 도로 흐름을 파악하는 능력 등)을 쌓은 라이더일수록 사고율이 감소한다는 추론이 가능하다.

30대 중반에 들어서 바이크를 시작한 내 경우도 대체로 무탈한 편이었다. 물론 '무탈'은 이미 시간이 흘렀기 때문에 쓸 수 있는 말이긴 하다. 울풍이를 중고 거래로 사서 집으로 데려오는 길, 그러니까 면허 학원을 벗어나 사상 처음으로 바이크 도로 주행을 한 날 택시와 가벼운 사고가 난 외에도 수차례 제꿍을 했다. 그리고 베트남 투어 때는 길 자체가 워낙 험해서 조금 울고 싶었다. 초보 시절에는 '심장이 벌렁벌렁하다'는 표현 그대로 많이 놀라긴 했지만 점점 덤덤해지는 과정을 거치면서 이제는 '이 정도면 무탈하다'는 생각을 하게 됐다.

다만 이 책을 쓰기 시작한 지 얼마 지나지 않아 난 사고는 스스로도 상당히 씁쓸했다. 강원도 춘천 어딘가에서 길을 잘못 드는 바람에 내비게이션을 보며 달리다 도로 구조물에 부딪혔다. 다행히 초인적인 균형 감각을 발휘해 넘어지거나 다치진 않았지만 바이크가 상당히 손상돼 결국 용달차를 불러 서울로 복귀해야 했다. 전적으로 내 부주의로 일어난 사고이기 때문에 놀람이 가라앉자 자괴감이 밀려왔다. 이렇게 어이없게 사고를 낸 주제에 무슨 바이크 관련 글을 쓰느냐는 생각이 들었기 때문이다.

지금도 상당히 창피하지만 그럼에도, 그것도 바이크를 권하는 글에 내 사고사를 꿋꿋이 적는 이유는 그만큼 안전에 유의해야 한다는 걸 강조하고 싶어서다. 정말 초심자라서 주행 미숙으로 사고가 나기도 하지만 이제 좀 탈 줄 안다고 풀어져 있을 때 닥쳐오는 사고도 있다. 두 가지 경우 외의 사고는 대체로 음주 운전 불법 유턴 차량과의 충돌 같은, 멀쩡히 가고 있는 보행자를 어디선가 나타난 차가 덮치는 것과 비슷한 불가항력적인 사고이기 때문에 어느 정도는 운에 달렸다고 보면 된다. 그럼에도 도로 상황을 면밀히 주시하는 훌륭한 라이더일수록 피할 가능성이 커지긴 할 것이다.

마지막으로 덧붙이자면 우리는 라이더와 나라 전체의 교통 안전을 위해 정부에 좀 더 요구해야 한다. 특히 10대 후반~20대 초반의 젊은 라이더 중 일부가 멋모르고 헬멧도 쓰지 않은 채 과속하다 사고로 짧은 생을 마치는 비극을 줄여달라고 말이다.

일본을 예로 들면 바이크 면허 체계가 50cc, 125cc, 400cc 등으로 세분돼 있다. 면허를 따기 위해선 좌우로 장애물을 피하며 달리는 슬라럼, 8자 돌기, 급제동과 언덕 출발, 넘어진 바이크 세우는 법 등을 익혀야만 한다. 이처럼 실용적인 교육을 거쳐야 통과할 수 있도록 면허 시험을 개선하고 경찰 단속도 강화해 '무헬멧'은 즉시 처벌 받는다는 인식을 심어 줘야 불행한 사고를 예방할 수 있다. 30세 이하 라이더의 사고율이 43%에 달하는 데는 국가가 방치한 책임도 일정 부분 있다고 생각한다.

'허락보다 용서가 쉽다'는 말의
전제는 신뢰다

# '몰바'의 시작

바이크는 정말 좋은 물건이지만 현실적인 문제도 짚고 넘어가자. 바이크를 탄다고 하면 가장 많이 듣는 말 중 하나가 '나도 로망이지만 가족들 반대가 심해서'다. 듣다 보면 바이크 탈 거면 이혼하자, 집에서 쫓겨난다, 사망 보험 제대로 들어 놓고 타라 등등 다양한 위협이 난무한다. 이해는 가는 일이다. 특히 남자들의 절반 정도는 친족이나 지인, 하다못해 친구의 친구가 바이크를 타다 심하게 다친 사례를 반드시 알고 있다. 대부분 가장 겁이 없는 10대 시절 헬멧도 없이, 교통 흐름을 읽는 법도 잘 모른 채 익숙지도 않은 바이크로 과속하다 사고가 나는 경우다. 사고 당사자들보다도 이들을 엄격히 단속하지 않는 우리나라 교통 안전 체계의 문제가 더 크다고 생각하고 있지만, 이유야 어쨌든 우리나라에서는 '바이크=위험'이라는 인식이 지나치게 강하다. 그래서 한국의 라이더들은 대체로 가족 '몰래 바이크'를 시작한다. 줄여서 '똘바'라고 한다.

    나는 이미 독립했기 때문에 살금살금 주차장을 빠져나온다거나 집 근처에서 옷을 갈아입을 필요는 없었다. 그저 가족들에게 따로 알리지 않았을 뿐이었다. 그리고 다행히 내 부모님은 어렸을 때부터 딸아들에게 이래라저래라 하는 스타일이 아니라 자유방임형이었다. 그래서 어떤 이들은 질리도록 들었다는 '공부하라'는 소리도 딱 한 번 들었다. 공부하라는 말을 처음으로 들은 그때가 아직도 생생히 기억난다. 너무나도 의아해서 "갑자기 왜,"라고 묻자 엄마가 "아니, 그냥…"이라고 멋쩍게 답하셨다. 아마 부모라면 응당 재촉해야 한다는 의무감이 그날따라 솟아났던 것 아닌가 추측할 따름이다. 거의 40년을 부모님의 자녀로 살아왔지만 무언가 하지 말라는 소리는 더더욱 들어 본 적이 없다.

    그런 부모님조차 바이크를 시작했다는 통보에는 다소 경악했고 "꼭 타야 겠냐"고 물으셨다. 부모님이 내게 하신 거의 최초의 부탁이었던 금연(거부했다)에 이어 두 번째 부탁이었다. 역시 거부했다. 입문 수개월째에 불과한 시점이었지만 아무래도 평생 탈 것 같다는 확신이 굳어지고 있었기 때문이다. 다행히 우리 부모님은 단호하고 집요한 성격들이 아니라 빠르게 포기하셨다. 얼마 후에는 아예 부모님 집까지 바이크를 타고 가서 구경도 시켜드렸다. 그로부터 6년이 지난 현재는 아빠도 2종 소형 면허 취득을 계획 중이다.

부모님과 가족이 이렇게 쉽게 물러나는 가풍은 흔치 않을 것이다. 그래서 어떤 라이더들은 아예 가족의 의견을 무시하고 덜컥 바이크를 데려오기도 한다. 싸우기는 할지언정 질러놓고 나면 되돌리기 어렵다는 것이다. 라이더 세계에서도 '허락보다 용서가 쉽다'는 격언은 예외가 아니다. 그런데 허락보다 용서를 구할 경우, 가족 구성원의 의사를 아예 무시했다는 점 때문에 상당한 신뢰 손상을 야기할 수도 있다.

또 다른 라이더들은 몰바를 택한다. 건너건너 듣기로는 배우자 모르게 바이크를 다섯 대까지 보유한 사례도 있다. 몰바족은 집에서 조금 떨어진 주차장에 바이크를 보관하며, 바이크를 몰래 타기 위해 주말 근무나 골프 등 작은 거짓말을 꾸준히 하게 된다. 또 라이딩 복장 그대로 집에 들어갈 수 없으므로 집 근처 공원이나 화장실 등에서 옷을 갈아입기도 한다.

결국 들키기도 한다. 한 동호회원은 "엄마! 아빠가 옆집 오토바이를 닦아주고 있어!"라는 어린 아들의 고발로 말미암아 몰바 생활에 종지부를 찍었다. 이분은 확실히 용서를 구하고 이제는 당당하게 바이크를 타고 있다. 하지만 가족이 끝까지 납득하지 않는다면, 거짓말을 그냥 넘기지 않는 배우자라면 역시 신뢰도 손상이 불가피하다.

어려운 문제고 당사자들만이 풀 수 있는 문제다. 아무리 생각만큼 위험하지 않다고 주장한들 직접 겪지 않은 이들에게는 와닿지 않을 것이고, 그렇다고 몰바로 가족 간의 신뢰를 깨기 싫을 수도 있다. 자식만 바라보고 살아온 부모님들께 이제 와서 인생을 바라보는 관점과 태도를 바꾸시라 한들 설득하기 쉽지 않을 것이다.

그럼에도 결국 내 삶이다. 애초에 이래라저래라 요구하지 않는 가족을 만났더라면 좋았겠지만 이미 글렀다면 최대한 대화와 협상으로 풀되, 그마저도 여의치 않으면 자신이 어떤 인생을 원하는지를 최우선으로 생각하면 좋을 것 같다. 그리고 주제넘긴 하지만 배우자처럼 본인이 선택할 수 있는 가족이라면 서로가 뭘 하든 알아서 잘하겠거니 믿어 주는, 방치해 주는 사람을 만나는 게 좋다고 생각한다. 아직 경제적 자립이 어려워 부모님의 뜻을 어기기 어렵다면 일정 기간 몰바는 불가피하겠지만 하루라도 빨리 물질적, 정신적으로 독립하길 바란다.

바이크는 타인에게 해를 끼치지 않는 취미다. 평생의 로망인데도 못 해 보고 죽는 건 아무래도 억울하다.

매너가 사람을 만들고

한 사람의 매너는

인식을 만든다

# 라이더도 싫은, 라이더의 비매너

그 넓은 광화문 광장을 쩌렁쩌렁 울리며 쏜살같이 지나가는 바이크. 길을 걷다 시끄러워서 돌아볼 정도로 배기음이 유별난 바이크는 모두 소음기를 떼는 등 불법 개조한 바이크들이다. 라이더들 사이에서도 눈살을 찌푸리는 이들이 많지만 일부 몰지각한 라이더들에겐 그게 멋인 것 같다. 신호 대기 중에 아무 이유도 없이 스로틀을 몇 번씩 당기며, 귀와 허공을 찢는 배기음을 토해내는 바이크들도 볼썽사납다. 시끄러워서 쳐다보면 본인이 멋있어서 쳐다보는 것으로 착각할까 봐 곁눈질만 하고 만다.

바이크에 대한 부정적인 인식을 강화하는 '비매너'는 이 말고도 많다. 깜빡이도 켜지 않고 이 차선 저 차선을 넘나드는 바이크, 보행자들을 무시하고 인도에서 달리는 바이크, 번호판을 가리고 달리면서 과속하는 바이크까지. 신호를 어기는 수많은 바이크들. 대부분 1분도 급한, 자칫하면 사업주나 손님으로부터 타박을 받을 수도 있는 배달 근로자들이라 그들만 탓할 수도 없긴 하다. 누군가의 안전과 생명을 담보로 해야 사업이 돌아가는 현실에까지 생각이 미치면 더 답답해질 뿐이다.

다만 갓길 주행과 차 간 주행은 이론의 여지가 있다. 둘 다 우리나라에서는 일단 불법이지만, 별다른 고민 없이 법을 만든 것 아닌가 하는 합리적 의심을 거둘 수 없다. 전 세계 대부분의 국가에서 합법인 이륜차 고속 도로 주행이 우리나라에선 불법인 것처럼 말이다.

차 간 주행은 일본, 캘리포니아주 등 미국의 일부 주와 프랑스를 포함한 여러 유럽 국가에서 법적으로 허용하고 있다. 길 막힘이 심하거나 차량 서행 중인 상태일 때 바이크들이라도 먼저 빠져나가 교통 체증을 조금이라도 줄이고, 바이크 운전자 역시 사륜차들 사이에 끼어 있는 것보단 멀찌감치 떨어지는 쪽이 더 안전하기 때문이다.

캘리포니아주 고속 도로 순찰대의 차 간 주행 가이드라인을 보면 어떤 취지인지 좀 더 이해하기 쉽다. 가이드라인에 따르면 같은 도로를 달리는 차량 속도가 약 시속 48km 이하일 때 바이크의 차 간 주행을 권유한다. 동시에 차 간 주행을 하더라도 다른 차량과의 속도가 시속 16km 이상 벌어지지 않도록 하라는 내용도 포함돼 있다. 속도 차가 벌어질수록 예상치 못한 차선 변경, 급제동에 따른 위험도 커지기 때문이다.

물론 뉴질랜드처럼 이륜차, 사륜차를 막론하고 똑같은 법이 적용되는 경우도 있다. 아마 뉴질랜드는 도로 대부분이 여유로워 굳이 이륜차를 먼저 보내고 자시고 할 필요가 없어서일 것이다. 어쨌든 나라 상황에 맞춰 검토하고 법을 만들든가 개정하면 좋을 텐데, 우리나라는 일단 불법으로 못 박아 놓고는 정작 단속은 거의 하지 않는다.

이렇든 저렇든 법은 지켜야 하기 때문에, 갓길 주행은 물론이고 차 간 주행도 삼가고 있다. 신호 위반은 매우 당연히 하지 않는다. 라이더를 싸잡아서 '양아치' 정도로 보는 시각이 워낙 팽배하기 때문에라도 더 모범을 보여야 한다는 생각이다. 조신하고 매너 있게 타는 라이더의 모습이 눈에 많이 띌수록 바이크에 대한 인식도 개선될 것이다.

덧붙이자면 라이더끼리의 에티켓도 가끔 아쉽다. 가장 분노하게 되는 순간은 '동차선 추월'을 당했을 때다. 말 그대로 다른 바이크가 내가 달리는 차선에 끼어들어 아슬아슬하게 나를 스치고 가는데, 대체로 대배기량 바이크가 굉음을 울리며 쏜살같이 지나가는 경우가 많아 매우 놀라게 된다. 하필 그 순간 내가 조금이라도 바이크의 방향을 틀어 버린다면 그대로 충돌이다. 대부분의 라이더들은 한마음으로 동차선 추월을 비판하지만 그럼에도 종종 동차선 추월러가 등장하곤 한다.

우리나라는 아직도 뒷사람을 위해 문을 잡아준다거나 좁은 출입구에서 애매하게 마주쳤을 때 양보하는 등의 생활 매너가 매우 부족하다. 그래서 매너 있는 이가 더 멋있고 귀하게 느껴진다. 바이크의 세계도 비슷하다. 옆 차선으로 끼어들면서 양보해 준 차량에 손인사를 한다거나, 나보다 빠른 뒤차에 먼저 가라고 손짓해 주는 매너를 드물게 목격할 때 진정한 라이더의 멋을 깨닫게 된다. 라이딩 스킬도 중요하지만, 못생긴 매너로 멋있는 바이크까지 욕되게 하진 말아야 할 것이다.

바이크에 대한 오해와 진실,

설명하다 보면 너무 지겹지만

그럼에도 마음을 다잡는다.

바이크를 권하는 사람으로서의 의무감,

라이더에 대한 인식이 바뀌길 바라는

마음 때문이다.

병은 병인데
목숨을 구하는 장비병

# 바이크 장비의 세계

바이크를 산다고 해서 바이크에 입문할 준비가 끝나지는 않는다. 가장 먼저 헬멧을 사서 쓰고 타야 범법자가 되지 않고(무헬멧 과태료는 2만 원이다), 그 외의 보호 장비도 다수 필요하다.

나도 처음부터 이렇게 생각하진 않았다. 사실 헬멧만 있으면 되는 줄 알았다. 라이딩 재킷이나 바지, 전용 부츠 같은 안전 장비의 존재는 알고 있었지만 막 입문한 사람의 눈에는 왠지 구려 보였다. 영화 속 라이더처럼 청바지에 멋진 셔츠를 펄럭이며 헬멧만 쓰는 쪽이 더 멋져 보인다고 생각했던 것 같다.

그래서 오로지 헬멧만 하나 샀다. 입문자들이 가장 많이 택하는, 바이크나 자전거에 관심이 없는 이들은 잘 모르지만 알고 보면 전 세계 헬멧 시장 점유율 1위인 국내 기업 홍진HJC의 10만 원 초반대 검은색 헬멧을 인터넷으로 샀다. 어딜 가서 써 봐야 한다는 생각도 못 한 채, 상품 설명에 나온 대로 대충 줄자로 직접 내 머리둘레를 재보고 M사이즈로 주문했다. 그리고 정말 헬멧만 쓰고 대충 청바지에 티셔츠 차림으로 타고 다녔다. 그렇게 혼자 다니다 처음 나간 바이크 동호회 모임에서 '아무리 그래도 장갑은 하나 끼고 다니라'는 말을 듣고 속으로 '꼰대 같기는…'라고 생각할 만큼 해맑은 무지 상태였다.

그러다가 당시 이미 바이크 경력이 15년이었던 남자친구의 강력한 권유로 투덜거리며 하나둘씩 장비를 마련하기 시작했다. 알고 보니 헬멧은 착용했을 때 볼이 꼭 눌리는 느낌이 들 정도로 타이트해야 충돌 시에도 벗겨지거나 돌아가지 않는 것이었고, 나는 한 치수 큰 사이즈를 잘못 쓰고 다니고 있었다. 장갑은 제꿍이나 경미한 충돌 사고에서 가장 먼저 지면에 닿기 마련인 손바닥을 보호해 주는 필수 안전 장비라는 사실도 알게 됐다. 헬멧이든 장갑이든, 처음 구입하는 사람이라면 최대한 오프라인 매장을 방문해 사이즈를 확인해야 한다. 근처에 라이더 친구가 없더라도 매장 직원이 올바른 사이즈와 장비별 필요성, 성능 등에 대해 잘 설명해 줄 것이다.

라이딩 재킷이나 바지, 부츠에는 다치기 쉬운 부위(어깨, 팔꿈치, 무릎, 골반, 발목, 척추 등)에 보호대가 들어가고, 일반 의류보다 튼튼한 소재를 쓴다. 사실 비싼 제품일수록 라이더의 안전을 잘 지켜 줄 가능성이 높긴 하지만 처음에는 어떤 디자인이나 브랜드가 자신에게 잘 맞는지 잘 모르기 때문에 각자 통장 사정에 맞춰 적당히 좋은 제품으로 사면 된다. 여성용 제품은 종류가 많지 않다. 라이더 인구 비중이 절대적으로 적은 것도 사실이라 누구 탓을 하기도 어렵다는 점이 더욱 짜증 나는 대목이다.

어쨌거나 그렇게 다소 마뜩잖게 장비를 마련해 입고 다녀 보니, 그리고 바이크 경력이 6개월, 1년으로 점점 늘어나다 보니 장비의 중요성을 점차 깨닫게 됐다. 가장 큰 깨달음을 얻은 계기는 인터넷의 바이크 사고 영상과 사진들이었다. 고속 주행 중 슬립하는 바람에 헬멧이 강판에 무 갈듯 갈려 나간 사진, 슬립하는 바이크의 일부가 역시 무자비하게 갈려 나가는 동영상, 충돌 후 수십 미터를 무력하게 바닥에 쓸려 가는 라이더의 영상을 보고서도 장비병에 걸리지 않기는 힘들었다.

그렇게 장비병에 걸리고 나면 장비의 세계도 상당히 넓다는 사실을 알게 된다. 라이딩 재킷만 해도 메쉬 소재로 만들어진 한여름용, 소재가 두꺼운 겨울용, 그 외 봄가을용이 있고 장갑 역시 계절별로 여러 종류다. 추운 겨울을 위해 열선이 장착된 장갑, 조끼와 재킷도 요즘에는 아주 비싸지 않다. 그리고 갑자기 비가 올 수 있는 계절에는 미리 방수 부츠를 신고 나가기도 한다. 물론 비닐봉지로 신발, 부츠를 싸매는 응급조치도 가능하지만 편리함과 안전을 위해선 방수 부츠도 하나 갖추는 게 좋다. 제대로 된 비옷도 당연히 필요하다. 비에 홀딱 젖어서 오돌오돌 떨며 달려 본 라이더의 간절한 조언이다.

바이크로 달리면 한여름이 아닌 이상 추울 때가 많다. 서울은 덥더라도 강원도나 한적한 교외 국도는 추울 수 있다. 추위를 많이 타는 나는 이렇게 입으면 덥지 않을까 싶은 수준으로 내복, 맨투맨, 바람막이, 후리스 등을 라이딩 재킷 안에 껴입고 정말 쌀쌀한 날씨다 싶으면 아랫배 쪽에 핫팩도 붙인다. 다만 본격적인 겨울에는 아예 바이크를 타지 않는다. 열선 장갑, 열선 재킷 등으로 추위를 막을 수는 있겠지만 굳이 그렇게까지 타기는 귀찮은 데다 골병이 들 것 같은 느낌적인 느낌 때문이다. 이건 나의 경우고, 1년 내내 폭우나 폭설이 아닌 이상 바이크를 타고 출퇴근하는 중년의 지인들도 적지 않다.

바이크 출퇴근자들은 매일같이 라이딩 재킷이나 바지, 부츠를 챙기기 애매한 것도 사실이다. 그래서 무릎, 팔꿈치 보호대 등의 약식 안전 장비로 타협하는 경우가 많다. 다만 무릎보호대 같은 약식 장비는 충돌로 인해 돌아가는 등 제대로 보호 기능을 발휘하지 못할 수 있다는 점도 감안해야 한다.

최근에는 바이크용 블랙박스 카메라도 보편화됐다. 아예 바이크 앞뒤에 설치하는 블랙박스 카메라도 있고 혹은 바이크나 헬멧에 탈부착할 수 있는 액션캠 종류도 많다. 만일의 사고 시 가해자와 피해자를 가리는 데 중요한 역할을 해 줄 것이다.

라이더들도 오로지 예뻐서 장비를 사기도 한다. 헬멧은 대부분 두세 개 이상씩 용도별, 디자인별, 색깔별로 갖고들 산다. 라이딩 재킷 같은 의류도 마찬가지다. 또 가끔 헬멧에 부착가능한 고양이귀 액세서리, 바이크에 붙이면 귀염 터지는 노란 오리 액세서리 등 실용성은 거의 전무하나 행복을 더해 주는 제품들이 종종 유행을 타기도 한다. 바이크를 알록달록한 스티커, 신박한 문구 등으로 꾸미는 라이더도 많다. 더 나아가 마음에 드는 시트, 핸들바, 연료 탱크 등 부품을 교체하는 커스텀에 발을 들이게 되면 정말 지갑을 조심해야 한다.

만나기 마련인 고갯길도

즐길 수 있다

# 라이딩 교육 기관

5년째 바이크를 타면서도 '설마 저걸 살 일은 없겠지'라고 생각했던 게 전신을 덮는 레이싱 수트였다. 모토GP 같은 모터사이클 레이싱 대회에 선수들이 입고 나오는, 알록달록한 그 가죽 옷 말이다. 바이크 동호회의 누군가가 입은 모습을 본 적이 있었고, 입고 벗기 불편해 화장실에 가기 불편하다거나(상하의가 분리된 투피스 수트도 있긴 하다) 여름에 아찔하게 덥다는 사실 정도는 알고 있었다. 무릎, 뒷목과 등뼈 부근에 튀어나온 보호대도 조금 우스꽝스럽다고 생각했다.

그러다가 본격적으로 바이크 실력을 갈고 닦으려면 우선 넘어져도 다치지 않을 복장이 필요하다는 생각이 5그램쯤 들었다. 일단은 레이싱 수트를 싸게 파는 곳을 구경만 해 보기로 했다. 그리고 이태원의 바이크 용품 매장 창고에서, 몇 년 묵은 듯했지만 아주 저렴한 가격을 자랑하는 수트를 찾아 홀랑 사버리고 말았다. 각종 바이크 용품 중 어지간한 여자들 체구에 맞는 제품은 5%나 될까 말까 한데 가격도 착해서 사 버렸다.

거울에 비친 수트 차림의 나는 생판 낯설었지만 마음에 들었다. 일터에서도 나름의 격식을 갖춰 옷을 입어 왔고 그 차림새가 전투력을 조금 강화해 주긴 하지만, 레이싱 수트는 그야말로 본격적인 느낌이었다. 두꺼운 가죽 덕분에 웬만큼 내동 댕이쳐져도 내 몸엔 흠집 하나 나지 않을 것이란 안정감. 덕분에 레이싱 수트를 입고 바이크에 올라타면 근거 없는 자신감이 솟아났다. 특히 행오프를 연습하다 넘어졌을 때는 수트의 진가를 절실히 깨달았다.

물론 수트만으로 갑자기 실력이 늘진 않는다. 그래서 지난 5년 동안 국내의 다양한 라이딩 스쿨을 '섭렵'했다. 여전히 부끄러운 실력이긴 하지만 라이딩 스쿨 전문가들의 가르침은 분명 도움이 됐다. 어떤 바이크를 타든 스쿠터 과정부터 상급 과정까지 누구나 들을 수 있는 대림모터스쿨 외에도 각 브랜드에서 오너들이 무료 또는 소정의 비용만 받고 운영하는 프로그램들이 있다. 참가 가능한 프로그램은 BMW모토라드의 라이딩 스쿨, 트라이엄프코리아의 라이딩 스쿨과 스킬업 투어, KTM, 두카티, 스즈키의 라이딩 스쿨이다. 대부분 레이싱 선수 출신의 검증된 전문가들이 교육을 책임진다. 할리데이 비슨은 정기적인 라이딩 스쿨은 없지만 지점별로 출고 고객을 위한 기본 교육을 언제나 제공하고 있다.

입문기를 지나 라이딩 스킬을 업그레이드하고픈 이들에게 꼭 한번 가 보기를 추천하는 프로그램이 있다. 경기도 파주의 서킷, 파주 스피드파크에서 운영되는 스페셜라이드다. 현역 레이싱 선수이신 김우정 선생님이 이론부터 가르치는 스페셜라이드는 코너링 교육에 집중한다.

바이크에 입문하고 조금씩 멀리 나가다 보면 120도, 180도 각도로 휘어진 고갯길과 반드시 맞닥뜨리게 된다. 나 역시 모토포토와의 첫 투어에서 강원도 어딘가의 와인딩 코스를 속으로 울면서 달렸던 기억이 난다. 쭉 뻗은 길을 달리는 것과는 전혀 다르고 난이도가 상당히 높은 길들이다. 어쨌거나 많이 달려 보면 편해지긴 하지만 이미 수만 km의 경력을 쌓은 라이더들조차도 그런 와인딩 코스에 익숙하지 않으면 버벅대는 경우가 적지 않다. 여럿이 줄지어 달리다 헤어핀(머리핀의 맨 끝부분처럼 180도로 구부러진 길)에서 당황해 갑자기 속도를 줄이거나 심지어 넘어지면 투어를 같이 떠난 일행들의 안전마저도 위협할 수 있다. 그랬던 나에게 한 마디도 불평하지 않았던 모토포토 회원들에게 감사할 따름이다.

스페셜라이드는 연습용 수트와 바이크를 갖춰 놓고 코너링 전문 교육을 하는 곳이기 때문에 집중적으로 코너링 실력을 기를 수 있어 개인적으로도 많은 도움이 됐다. 라이딩을 개시하는('시즌 온'이라고도 한다) 봄쯤 스페셜라이드에서 복습을 한 번 하고 오면 한 해 내내 가벼운 마음으로 와인딩 코스를 즐길 수 있다. 라이더들이 즐겨 달리는 한계령과 미시령, 그 외의 모든 '~령'이나 '~재' 같은 와인딩 코스를 제대로 만끽하고 싶다면 꼭 한번 전문적인 교육을 거치길 추천한다.

바이크 사고 영상과 사진들을 보고서도

장비병에 걸리지 않기는 힘들었다.

'저것만큼은 살 일은 없겠지'

생각했던 레이싱 수트를 입은 날에 느꼈다.

내동댕이쳐져도 내 몸엔 흠집 하나 나지 않을 것이란

안정감, 그리고 자신감.

행복의 비용은

사람 나름이다

# 바이크는 비싼 취미?!

바이크를 타면서 자주 듣는 질문 TOP 3중 하나가 "바이크 비싸지?"다. 바이크는 대체로 비싼 취미로 인식된다. 결론부터 풀어 보자면 사람 나름이다.

우선 바이크 구입 비용. 내 울풍이는 100만 원이었는데, 더 저렴한 중고 매물도 있다. 예를 들어 한국 제조사인 대림의 '시티' 시리즈라면 70, 80만 원대에 통학이나 출퇴근 용도로 괜찮은 물건을 살 수 있다. 100만 원이 넘는 '시티' 바이크라면 장거리 여행용으로도 쓸 수 있다.

시티 시리즈, 그리고 시티의 원형인 혼다의 커브 시리즈[모두 프레임 아래에 엔진이 장착된 언더본(Under bone) 장르로 분류되는 모델들이다]는 우리나라에서는 배달용이라는 이미지가 강해 나도 한때 멋모르고 얕잡아 본 부끄러운 과거가 있지만 누구나 타기 편하며 튼튼하고 연비 좋고 수리비 저렴한 궁극의 바이크다. 게다가 스티커, 부품 교체, 도색만으로 이미지가 확 바뀌기 때문에 나만의 바이크로 무한한 애정을 쏟기에 참 좋은 바이크이기도 하다. 다만 가격이 30~50만 원대인 데다 적산 거리가 수만 km인 매물은 배달용으로 험하게 굴렸을 가능성이 높으니 정말 동네에서 연습용으로 타다 폐차할 용도가 아니라면 일찌감치 제외하는 게 좋다.

경제적 여유가 있다면 선택의 폭은 더 넓어진다. 200만 원대 초중반부터는 125cc 이하의 대림, 혼다 언더본이나 스쿠터 신차나 중국산 매뉴얼 바이크 신차를 구입할 수 있다. 400만~500만 원부터는 일본 제조사의 매뉴얼 125cc 신차 다수를 선택지에 끼워 넣을 수 있다. 그 이상의 가격대에선 쿼터급(250cc 안팎), 미들급(400~800cc) 바이크로 슬슬 눈을 돌릴 수 있다. 배기량 1,000cc 전후의 리터급은 최소한 1,500만 원 이상이다. BMW, 할리데이비슨은 대부분의 모델이 이 가격대부터 시작한다. 신차를 구입한다 해도 대부분 브랜드별로 할부 프로그램을 운영하는 데다 비수기의 무이자 할부 프로모션을 이용하면 한꺼번에 목돈을 들이지 않아도 된다.

바이크를 사면 취등록 절차부터 밟아야 한다. 지금껏 4대의 취등록 절차를 밟아봤음에도 기억이 흐릿하긴 하지만 어렵거나 시간이 많이 들지도 않는다. 우선 바이크에 적힌 차대 번호로 이륜차 보험을 의무 가입한다. 그렇지 않으면 번호판 발급 자체가 불가능하다. 보험 가입 증명서, 신차의 경우 이륜자동차 제작증, 중고차는 전 주인으로부터 넘겨받은 사용 폐지 증명서, 신분증을 들고 구청·동사무소 등의 이륜차 등록 창구로 간다. 과거에는 본인 주소지에서만 등록이 가능했지만 지금은 어느 지역에서든 가능하며 바이크 판매처에 소정의 비용을 내고 대리 등록을 맡길 수도 있다.

직접 처리한다면 구청·동사무소에 비치된 이륜차 사용 신고서(지자체 홈페이지에서 미리 내려받을 수도 있다)를 작성해 취등록세(125cc 이하는 바이크 가격에서 부가 가치세를 뺀 금액의 2%, 125cc 초과는 5%)와 함께 제출하면 된다. 공무원 입장에선 흔한 행정 절차일 것이기 때문에 가급적 무표정한 얼굴로 서류를 제출하곤 했지만 사실 기분이 매우 좋은 순간이었다.

보험료는 나이, 운전 경력 등에 따라 또다시 천차만별이다. 운전 경력이 없는 20대 초반은 통계상 사고율이 높아 보험사에서 높은 보험료를 매기기 때문이다. 운전경력 없는 20대 초반 라이더는 125cc 소배기량 바이크라도 보험료가 100~200만 원대에 이를 수 있기 때문에 부모님 명의로 바이크를 등록해 가족 특약 등으로 보험 적용을 받기도 한다. 그리고 물론 같은 조건이라면 대배기량 바이크의 보험료가 비싸다. 보험은 이륜차 보험 등으로 검색해서 온라인으로 가입하는 것이 저렴하다. 다양한 가격 비교 사이트를 찾아볼 수 있고, 인터넷 바이크 동호회의 보험 제휴 서비스도 훌륭하다.

내 경우 20세에 자동차 면허를 취득하고 이미 십수 년 간 무사고 경력(상당 기간은 장롱면허였음에도)을 쌓았기 때문에 보험료가 저렴한 편이었다. 의무 가입해야 하는 책임 보험(대인 1, 대물 2,000만 원)을 기준으로 125cc 바이크는 연 10만 원대 안팎이었다. 800cc 바이크로 종합 보험(대인 2, 대물 무한대, 자기 신체 사고 등)을 가입해도 연 보험료 50만 원 정도다. 당장은 아니지만 언젠가 바이크를 탈 생각이 있다면 어떤 면허든 미리 취득해 놓는 게 무사고 경력을 쌓아 보험료를 낮추는 길이다.

그 외의 유지비는 사고가 나지 않는다는 가정하에 매우 저렴한 편이다. 연료비는 배기량별로 다르지만 공식 연비가 리터당 62.5km인 슈퍼커브는 잘하면 1만 원으로 서울에서 부산까지 달릴 수 있을 만큼 저렴하다. 엔진 오일 등 정기적으로 갈아야 하는 소모품 값도 국산, 일제 정도는 부담이 크지 않은 가격이다. 다만 미제, 유럽제는 역시 비싸다. 정기적인 엔진 오일 교체에만 20만 원 가까이 들 정도다.

주말에만 종종 바이크 투어를 다니는 나의 경우 바이크 유지비는 한 해에 대당 100만 원이 안 된다. 800cc인 가와사키 W800의 차계부를 살펴보니 2019년 한 해 동안 보험료 40만 원, 뒷타이어 교체 비용 20만 원, 엔진 오일 교체에 5만 원을 썼다. 2019년에 총 3,000km를 달렸으니 기름값을 다 합쳐도 23만 원 안팎이었다. 125cc 이상 바이크는 매년 자동차세와 2년에 한 번씩 정기 검사 비용이 들지만 비싸 봐야 만 원대다.

도심 이동용으로 쓰는 125cc 울프는 유지비가 더 약소했다. 연 보험료 12만 원, 엔진 오일 교체 1만5,000원, 1년간 기름값 15만 원 등 총 30만 원 정도였다. 입문 초기, 바이크와 장비 구입 비용이라는 문턱을 넘어섰다면 그 이후부터는 상당히 저렴한 비용으로 바이크를 즐길 수 있는 셈이다.

# 행복의 모습은 다양하다

# 기변, 기추 병

바이크도 여타 취미용 기기·장비처럼 '기변병'이 찾아오기 마련이다. 언뜻 한 대 들이면 두고두고 탈 것 같지만, 라이더들 사이에서 '이 바이크 평생 탄다'는 말은 대체로 거짓말이라는 게 정설이다. 더 큰 배기량에 대한 욕심, 다른 스타일의 바이크에 대한 호기심 때문에 기기를 변경 또는 추가한다.

나도 지금껏 3차례의 기변과 기추를 겪었다. 10년 된 초대 '울풍이'를 5개월 정도 타다 똑같은 기종의 신차인 제2대 울풍이로 기변했다. 별생각이 있다기보단 초대 울풍이가 너무 낡은 데다 시동도 잘 꺼져서 바꾸긴 해야 하는데, 마음에 드는 다른 125cc 바이크가 눈에 안 들어왔기 때문이었다. 그렇게 2대 울풍이와 함께 2년 가량 즐겁게 보내다 이제 배기량을 업그레이드해야겠다고 결심했다. 클래식 바이크 장르에 대한 일편단심은 변함이 없어서 가와사키의 W800이라는 모델을 기추했다. 기변이 아니라 기추였던 이유는 동네에서 장보기, 세탁소 들르기, 가까운 곳 마실 등의 임무를 수행할 소배기량 바이크도 여전히 필요하다고 느꼈기 때문이다.

W800은 울풍이를 좀 더 크게 뻥튀기한 것 같은 디자인이다. 비슷한 디자인의 바이크를 두 대 갖게 된 셈이다. 당시 국내 정식 수입되는 바이크 중 가장 예쁘다고 생각했고 신차 가격이나 이후 유지 관리비 측면에서도 괜찮았다. 인기 모델이 아닌지라 시승용 바이크도 없어 앉아 보지도 못한 채 길에서 실물 몇 번 구경하고는 대뜸 사 버렸다. 다행히 W800은 무게가 217kg으로 무겁다는 점 빼고는 좋았다. 처음에는 심하게 무겁게 느껴졌지만 다행히 시간이 지나면서 익숙해졌다. 덕분에 공차중량 110kg인 울프를 매우 가볍게 다룰 수 있게 됐다.

제3의 바이크인 듀크(KTM 390듀크)는 상당히 갑작스럽게 데려왔다. 바이크 경력도 어느새 4년 차가 됐지만 제꿍과 시트고가 높은 바이크에 대한 두려움이 피크에 이르렀을 시점이었다. 연차는 쌓였고 시승도 더 많이 하고 싶은데 실력이 부족하다는 사실을 실감하고 있었다. 시트고가 높은 바이크를 아예 하나 기추해서 친숙도를 높여 보자는 생각에 매물을 알아

보기 시작했다. 시트고가 830cm인 390듀크가 배기량과 가격 모두 괜찮았다. 마침 누적 마일리지가 겨우 120km인 신차급 매물을 발견했고, 당초 만나기로 약속한 시간을 깜빡한 판매자가 가격을 깎아 줘 결과적으로 꿀매물을 구했다.

듀크는 상당히 드라이한 마음으로 데려왔지만 의외로 첫 주행에서 폭 빠졌다. 373cc의 배기량치고는 토크가 높아 스로틀을 당기자마자 순식간에 가속도가 붙는데, 다른 바이크에서는 못 느껴 본 재미였다. 마리오카트 같은 카트 게임에 비유하자면, 엔진 부스터 아이템을 먹자마자 카트가 야생마처럼 뛰어나가는 바로 그 느낌이다. 한동안은 너무 재밌어서 울프, W800 모두 처분하고 듀크 한 대만 남길까 싶기도 했다. 공차중량도 149kg으로 무겁지 않아서 조작도 쉬운 편이었다.

결과적으로 시트고가 높은 바이크에 익숙해진다는 목표도 무리 없이 달성했는데, 대신 시트고보다는 공차중량이 더 관건이라는 사실도 깨달았다. 시트고가 높아도 150kg 안팎의 가벼운 바이크라면 부담이 없지만 시트고가 높으면서 무게도 200kg이 넘는다면 상당히 부담스러운 것이다. 대신 무게가 300kg이 넘지만 시트고가 낮은 할리데이비슨 바이크는 꽤 편안하게 다룰 수 있다는 사실도 알게 됐다.

몇 년 전까지만 해도 바이크 3대를 가진 라이더로 살게 될 것이라곤 상상도 못 했다. 주말에만 취미로 타면서 3대를 굴리기는 조금 아깝다는 생각이 들기도 하지만 바이크는 자동차보다 돈이 훨씬 덜 들기 때문에 가능한 일이다. 주변의 라이더들도 125cc 남짓의 편한 바이크와 본인의 '드림 바이크' 등 두 대 이상을 가진 경우가 많다.

바이크의 세계에 발을 들이고 시간이 지나면 브랜드별 특성을 파악하게 되고 자신만의 호불호도 생겨나기 마련이다. 대림오토바이, KR모터스는 한국 브랜드로 출발하긴 했지만 현재는 국내 생산은 중단됐다. 가격이 저렴하고 여전히 도로에서 많이 보이며 대부분 배달 등 상용으로 팔린다. 일본 브랜드는 국산보다 비싸지만 유럽산보다 저렴한 데다 내구성, 품질 면에서 믿음직하다. 특히 혼다는 바이크 업계 종사자, 바이크 전문지 편집장 같은 주변 고수들이 가장 사랑하는 브랜드로 꼽을 정도다. 주행감이 다소 심심하다는 단점이 있지만 '못 만들어서'가 아니라, 누구나 쉽고 편하게 탈 수 있는 바이크를 지향하는 혼다 소이치로 창업주의 철학을 고집하기 때문이다.

유럽 바이크 제조사 중 국내에서 가장 환영받는 회사는 BMW모토라드다. BMW 자동차와 마찬가지로 정밀하고 성능 좋은 바이크로 유명하다. 나도 언젠가 가져 보고 싶은 바이크긴 하지만 바이크 가격도, 공식 센터 수리비도 비싼 데다 대체로 크고 무거워서 고민 중이다. 또 다른 유럽 브랜드인 두카티는 이탈리아인들의 미감 덕분에 디자인이 예술적이다. 과거 한국 시장에서 철수했으나 2018년 다시 공식 수입사가 출범한 영국 트라이엄프는 클래식 바이크의 대표 주자로 꼽히며, 영국에서 출발해 현재는 인도 기업이 된 로얄엔필드는 최근 몇 년간 연구와 신차 개발에 막대한 자금을 쏟아부어 저렴하고 예쁜, 그러면서도 이제 성능도 뒤지지 않는 클래식 바이크를 선보이고 있다. 그리고 할리데이비슨. 중장년층 라이더들 사이에선 '지존'급이다. 날씬한 최신 기종들은 젊은 라이더들도 끌어들이고 있다. 아쉽게도 우리나라에선 라이더들 역시 자신의 사회적 지위와 재력을 감안해 바이크를 고르는 경우가 많고 심지어 소배기량 바이크, 저렴한 바이크를 무시하는 몰지각한 라이더들도 있지만 스스로 행복할 수 있다면 최고의 바이크일 것이다.

## Part 4

바이크만 있다면,
언제 어디서나
인생 라이딩

'보람찬 여행'이라는

강박 관념을 버렸다

# 만항재의 빛기둥

살면서 가장 후회되는 일 중의 하나가 시간이 많을 적에 여행에 관심이 없었다는 점이다. 대학생 시절 이래저래 1년 반이나 휴학을 했지만 중국으로 어학연수를 다녀오고 겸사겸사 중국 도시 몇 곳을 구경한 것 외에는 거의 경험이 없었다. 친구들이 유럽 배낭여행 중 돈을 아끼느라 샌드위치로 버틴 이야기, 워킹 홀리데이로 미국이나 캐나다에 다녀온 이야기를 할 때도 별다른 호기심이 일지 않았다. 그 많은 방학을 그냥 책을 읽거나 컴퓨터 게임을 하며 보냈다.

그때도 충분히 즐거웠지만 시간이 제일 절실한 지금 돌아보면 가장 아쉬운 부분이다. 지금은 쉬어도, 여행을 가도 금쪽같은 시간을 보람차게 보내야 한다는 강박 관념 때문에 여유롭기가 오히려 어렵다.

국내 여행은 특히 안 다녔다. 대학생 때 대학생스러운 일을 한답시고 혼자 춘천, 단양 같은 델 가 보긴 했지만 지금처럼 철저한 인터넷 정보가 많지도 않아서 그냥 발길 닿는 대로 다녀왔더니 뭘 봤는지 거의 기억이 없다.

그렇게 살다가 바이크를 타게 되면서 평생 가 본 곳보다 많은 국내 각지를 돌게 됐다. 여기에는 특히 모토포토, 그중에서도 고문님의 덕이 컸다. 소싯적에 바이크 엔진 탱크에 지도를 붙여 놓고(우천 시를 대비해 박스 테이프로 코팅하셨다 한다) 정처 없이 전국을 달렸다던 고문님은 내비게이션 따위가 필요 없는 분이다. 내비게이션에 철저히 의존하는 나 같은 라이더는 죽어도 모를 길들, 차가 막히면 대안으로 택할 수 있는 길과 각 지역 맛집으로 안내하시며 국내 여행의 진가를 보여 주셨다. 모토포토와 한창 투어를 다녔던 초반에는 너무 세게 감동을 먹어서 고문님을 찬양했을 정도다.

가장 강력한 감동을 안겨 줬던 곳은 해발 1,330m의 강원도 정선군 만항재다. 내비게이션에서 '만항재 쉼터'를 검색하면 된다. 고문님을 따라 처음으로 만항재에 간 날은 우여곡절도 많았다. 새벽같이 출발해 저녁 9시에 귀가하며 무려 16시간 투어라는 퍼스널 레코드를 기록했고, 흙과 자갈이 깔린 비포장도로도 처음으로 달려 봤다. 어딘가의 고갯길에서는 고개를 바짝 드는 독사를 스쳐 지나갔고, 갑자기 내린 폭우 때문에 태백의 어느 다리 밑에서 잠시 쉬어가기도 했다.

그렇게 오후 5시쯤에나 도착한 해발 1,330m의 만항재에서는 마치 나의 바이크 라이프를 환영하듯, 바이크 새내기를 이곳까지 양몰이 하듯 몰고 온 고문님의 인덕을 칭송하듯 먹구름을 뚫고 빛기둥이 내려오고 있었다. 컴퓨터 배경 화면에서나 보던 빛기둥을 실제로 본 건 처음이었다. 이런 일들을 단 하루의 투어에서 한꺼번에 겪었다는 사실이 지금도 잘 믿기지 않을 정도다. 사실 당시 고문님은 내가 가는 곳마다 하도 진심으로 감탄하고 행복해하는 바람에 "도대체 어릴 때 뭘 하고 산 것이냐"며 조금 안쓰러워하셨던 것 같다.

아직도 못 달려 본 길이 훨씬 많긴 하지만 가장 자주 가는 강원도만 해도 여전히 새롭고 아름답다. 어느 가을날 강원도 화천 '평화의 댐'으로 달리던 중, 터널 끝자락에 동그랗게 가득한 붉은 단풍나무 숲이 한눈에 들어찰 때의 벅찬 감동. 한적한 국도 옆으로 펼쳐지는 노랗고 푸른 논밭의 파노라마. 미시령을 지나며 본, 한국에는 정말 드문 4월의 설산. 폭염이 전국을 뒤덮었던 2018년 여름에도 찌릿하게 차가웠던 계곡물. 내 인생에 반짝임을 더해 준 순간들이었다. 그 길을 같이 달려 주고 있는 모토포토, 헝그리라이더스, 트위터 친구들에게 감사할 따름이다.

바이크 연차가 쌓이면서 새로운 코스를 발굴하는 재미도 알게 됐다. 먼저 대강의 목적지나 지역을 찍는다. 강원도 원주의 뮤지엄산 같은 아름다운 미술관, 산꼭대기에 자리 잡고 있다는 지리적 특성상 경치는 물론이고 와인딩 코스까지 보장되는 천문대, 한여름 더위에서 벗어날 수 있는 계곡, 또는 지역 맛집을 도착지로 잡고 지도와 도로뷰 등을 동원해 코스를 정한다. 쭉쭉 뻗은 길은 재미없으니까 두세 번 정도는 와인딩 코스를 지나쳐야 한다. 그래 봐야 이미 누군가 마르고 닳도록 다니는 길이겠지만 지도를 보고 찍은 길이 아름다운 경치에 더해 심지어 달리는 재미까지 갖추고 있으면 매우 흡족하다.

바이크 투어를 하기 위해서는 부지런해야 한다.
투어를 준비하는 과정은 산만하고 매우 귀찮으며,
투어 자체도 체력과 정신력 소모된다.
그럼에도 꼬박꼬박 투어를 나서는 이유는
고생한 그 이상의 확실한 보답이
있다는 것을 알기 때문이다.
바이크를 탄 날보다
앞으로 탈 날이 많이 남은 지금도 벌써
정말 잘 놀고 살았구나,
인생이 흐뭇하게 느껴질 정도다.

사소한 기억이

오래오래 추억으로 남는다

## 연례행사가 된 반국 투어

라이딩은 언제든 즐겁지만 익숙한 길로만 다니면 감흥이 줄어
드는 것도 사실이다. 라이더들이 전국 각지를 떠돌아다니는 이
유다. 내 경우는 날이 좋은 가을쯤 3, 4일 휴가를 내서 '반국 투
어'를 다녀오는 나만의 연례행사를 만들었다.

첫 반국 투어는 경험 미숙이 빚은 고난의 날로 기억에 남았
다. 서울에서 출발해 목포에서 하룻밤 자고 해남을 거쳐 전주
에서 다시 1박을 하는 2박 3일 일정이었다. 첫날 날씨가 조금
우중충하더니 충남 아산 온양온천 부근부터는 비가 내리기
시작했다. 원래 '비 오는 날에는 바이크를 안 타면 되지'라고
해맑게 생각해 왔지만 아쉽게도 한낱 인간이 날씨를 완벽히
예측할 수는 없는 것이었다. 급히 온양온천 전통 시장에 들러
만 원짜리 우비를 사 입었다.

몸통은 대강 해결이 됐는데 문제는 부츠였다. 방수 기능이

없는 내 부츠는 목포에 도착하기 두어 시간 전부터 내내 쏟아
진 폭우로 절임 배추처럼 푹 젖어 버렸고, 숙소에서 헤어드라
이어로 2, 3시간에 걸쳐 간신히 말릴 수 있었다. 라이딩 부츠
는 소재가 두꺼워 매우 더디게 마르며 방수 부츠는 라이더의
필수 장비라는 사실을 깨닫는 계기가 됐다. 첫날은 그렇게 엉
망이었지만 해남 땅끝마을, 전주 한옥마을 등 나머지 코스는
모두 처음 가 보는 곳이었고 마냥 신났던 기억만 남았다.

　가장 최근에 다녀온 반국 투어는 경주에서 1박을 한 후 포
항을 찍고 울진에서 하루 묵는 코스였다. 경주는 초등학교 시
절 걸스카우트 행사로 다녀온 어슴푸레한 기억밖에 없기 때
문에 첨성대, 석굴암 같은 곳을 제대로 구경한 건 이번이 처음
이었다. 바이크로 경주엘 오다니, 스스로가 대견했다.
　경주는 불국사를 거쳐 석굴암으로 올라가는 와인딩 코스도
좋았지만 석굴암을 거쳐 경주 풍력발전 전망대까지 이르는
코스가 특별했다. 오르막길 너머로 거대한 바람개비 같은 풍
력 발전기가 조금씩 모습을 드러내고 파란 하늘이 점점 시야
를 장악하는 순간 진심으로 '살아있길 잘했다'는 생각이 들었

다. 사실 최근 몇 년간 살아있어서 다행이라고 느낄 만큼 즐거웠던 순간엔 대체로 바이크를 타고 있었다.

포항은 경상권 라이더들의 성지인 호미곶에 꼭 가 보고 싶다는 동행의 의견을 반영했다. 동해를 끼고 달릴 수 있어서 라이딩, 드라이브 코스로 유명한 7번 국도도 코스에 추가했다. 호미곶의 상징인 상생의손 앞에서는 파주 스페셜라이드에서 같이 서킷을 돌았던 몇몇 라이더와 마주쳤다. 국내 라이더들의 세계도 은근히 좁은 것이었다.

막상 기대했던 7번 국도는 10월 해 질 녘의 추위가 상당했다는 기억밖에 안 남았지만 도중에 들른 망양휴게소는 엄청난 바다 전망을 선사해 줬다. 코스 상 한 번 쉬어 가야 하는 지역인 울진은 괜찮은 숙소가 없어서 결국 떨떠름하게 여관급 숙소를 잡았는데, 정작 짐을 풀고 났더니 베란다 바깥으로 가득 펼쳐진 바다 전망이 감동적이었다. 관광객이 많은 지역이었다면 정말 대기업 계열의 리조트 정도는 들어서 있을 만한 경치였다. 근처에는 도로, 드문드문 민가와 식당밖에 없어서 조용하고도 쓸쓸한 가을 바다를 바라보며 쉬었다. 춥고 피곤해서 대강 컵라면에 삼각 김밥으로 저녁을 때웠는데 시장이

반찬이라 워낙 맛있게 먹었다. 그런 사소한 기억은 왠지 오래오래 추억으로 남는다.

반국 투어도 그날그날 목적지와 코스가 있긴 하지만 평소보다는 시간이 여유가 있는 만큼 다른 길로 자주 새기도 한다. 경주로 가는 길에 마침 드넓은 가을의 논이 이어졌던 경북 군위군 부계면에서는 동행이 평소 원했던 '황금빛 벼로 채워진 들판에서의 바이크 화보샷'을 찍느라 잠시 멈춰 섰다. 결과는 매우 만족스러웠다. 또 어느 해의 반국 투어 마지막 날에는 그대로 서울로 오기가 아쉬웠던 참에 강원도 정선 읍내에서 '정선 아리랑제'라는 성대한 지역 축제가 한창이길래 놓치지 않고 들러서 지역 명물인 '콧등치기 국수'도 먹어 봤다. 솔직히 별 맛은 없었으나 누가 물어보면(아직까지 그런 적은 없다) 자랑할 수 있지 않겠는가. 180도로 꺾어진 헤어핀이 곧바로 대여섯 번씩 이어지는 영월 수라리재에서 드론을 날려 찍은 항공샷은 이제 좀 숙련된 라이더가 된 것 같은 느낌적인 느낌을 안겨 줬다.

어제 뭘 먹었는지는 가물가물해도, 여행지에서의 자그마한 추억은 언제든 돌아와 나를 미소짓게 한다. 장거리 투어 중 도로변 트럭에서 파는 삶은 옥수수를 사다 바닥에 주저앉아 먹던 기억. 잊기 아쉬운 풍경을 사진으로 담겠답시고 급하게 내리다가 바이크를 넘어뜨린 기억. 어둑한 도로 끄트머리에서 북한산이나 잠실 롯데타워 같은 서울의 실루엣이 떠오르면 이제 곧 집이란 생각에 밀려오던 푸근함. 이런 기억들 덕분에 내 삶을 더 아끼게 된다.

군중 속의 자유를 누리는

점심시간 여행이 있다

# 바이크 타고 동네 탐방

30대 중후반에 접어들면서 본격적으로 '내 집'을 상상하기 시작했다. 결론적으로 여전히 세입자의 삶을 살고 있긴 하지만 나와 봉이들이 아늑하게 살 수 있는 집을 꾸준히 탐색해 보고는 있다. 지금 사는 동네처럼 시내 접근성이 좋아야 하며 지금의 집만 한 면적이 되어야 하고 지하 주차장이 있으면 좋겠다는 게 내 조건이다.

관건은 세 번째 조건이다. 내 바이크들을 비바람과 추위로부터 안전하게 모셔 둘 지하 주차장이 딸린 집은 구하기가 어렵다. 아파트는 워낙 금값이라 진작 포기했으니 더더욱 그렇다. 그래도 드물게나마 조건에 맞는 집이 인터넷 검색에 잡힐 때면 바이크를 타고 가볍게 동네 탐방을 다녀오곤 한다. 그렇게 현 거주지 근처의 골목 곳곳을 바이크로 돌다가 살면서도 잘 몰랐던 우리 동네의 또 다른 면모를 확인하는 즐거움이 쏠

쏠하다. 얼마 전에는 맑은 하천과 깨끗한 골목과 조용한 분위기가 어우러진 지역을 찾아가 흐드러지게 핀 벚꽃 아래 바이크를 세워 두고 새로운 동네로 이사 온 나와 봉이들을 상상해 보기도 했다.

부동산 탐방뿐만이 아니다. 대중교통으로는 가기 힘든 곳, 바이크가 아니었다면 모르고 살았을 풍경을 종종 맞닥뜨리게 된다. 그렇게 알게 된 장소가 연희동 궁동공원과 삼청동 와룡공원, 역삼동 선릉이다. 연희동의 평온한 주거 지역을 내려다볼 수 있는 궁동공원 앞에는 이미 오래전 폐업한 '둘리 비디오'가 자리 잡고 있다. 사실 공원과 연희동 주택뷰와 문 닫은 비디오 가게 말고는 아무것도 없다고도 볼 수 있지만, 그 앞에 한참 동안 서서 비디오테이프로 세상과 꿈을 만났던 어린 시절을 추억할 수 있었다. 집 바로 옆에 있었던 비디오 가게 사장님의 얼굴과 당시 출시되는 족족 빌려 봤던 강시 영화 비디오, 거기에 전대물까지. 기억을 더듬어 당시 열광했던 전대물을 찾아보니 '플래시맨'도 '후래쉬맨'도 아닌 무려 '후뢰시맨'이라는 제목이었다.

둘리 비디오처럼, 와룡공원도 바퀴 닿는 데로 돌아다니다 우연히 찾아가게 됐다. 와룡공원 역시 별다른 구경거리가 있다고 보긴 어려운 장소다. 그저 북악산을 끼고 도는 짧은 라이딩 코스에 인접해 있다는 점, 가회동과 혜화동 전경을 내려다볼 수 있다는 점, 방문객이 적어 호젓하다는 점 정도다. 누군가에게는 아무런 장점이 아닐 수 있지만 서울의 라이더들에게는 가깝고 호젓해 좋을 것이다.

살면서도 몰랐던 장소를 계획적이든 우연히든 찾아가게 되면 '외국인 친구를 꼭 데려와야겠군'이라고 다짐하곤 한다. 사실 서울에 놀러 와서 나를 찾을 외국인 친구 자체가 몇 안 되고 그들의 서울행이 실현될 가능성은 매우 낮지만 말이다. 그럼에도 여행자들은 도저히 알 수 없는 숨겨진 명소로 자신만만하게 안내할 수 있다는 상상에 취해 자못 흐뭇해진다.

지하철역 이름으로만 익숙했던 선릉도 '서울 한복판에 이런 곳이' 싶었다. 정확히는 '선릉성종왕릉', 조선시대 성종과 정현왕후 윤씨의 능이다. 아들 중종의 능인 정릉도 바로 옆에 있다. 강남의 빽빽한 오피스 빌딩 거리를 지나 조금만 틀면 평온해 보이는 고급 빌라촌이 나타나고, 그 옆에 초록 잔디로 뒤덮인 능이 자리 잡고 있다. 주위에 조성된 산책로를 걸으며 저녁에 뭘 먹을지부터 오래전 죽은 왕에 대해서까지 이런저런 생각을 하다 보면 마음이 차분해진다. 한평생 강남에 살아본 적도 자주 드나든 적도 없다 보니 내게 강남은 좀처럼 친숙해지지 않는 낯선 지역이었지만 선릉 주변만은 정겹게 느껴진다.

점심시간에 잠깐이라도 바이크로 쏘다니고 돌아오면 확실히 머릿속이 상쾌해진다. 전셋집 매물이 올라온 낯선 동네를 갔다 와도 좋고 좀처럼 갈 일이 없는 강남의 이름난 식당이나 디저트 가게를 들러 봐도 즐겁다. 봄에는 여의도 벚꽃을, 가을에는 남산의 단풍을 구경하러 바이크의 시동을 걸기도 한다. 궁동공원이나 와룡공원처럼 저 오르막길 끝엔 어떤 풍경이 있는지 알고 싶어서 되는대로 돌아다녀도 본다. 걸어서는 시간이 좀 걸리기 때문에 망설이게 되지만 바이크라면 '모험'이 가능해진다. 막다른 골목을 맞닥뜨리게 되더라도 가볍게 돌아 나오면 되니까. 대체로 한 시간만 있으면 가능한 일들이다. 한 시간이라도 일상에서 잠시 떨어졌다 돌아오면 머릿속이 환기되고 조급증도 가라앉는다. 언제든 짧은 여행의 가능성을 열어둘 수 있는 건 역시 바이크 덕분이다.

덧붙이자면 바이크니까 혼자 다녀도 전혀 이상하지 않다. 워낙 배달용 바이크가 많은 탓인지 대부분의 사람들은 '또 다른 오토바이 1'로만 인식(이나 하는지조차 의문일 때도 적잖다)하는 듯하다. 헬멧을 쓴 채로 식당이나 카페에 들어가면 뭘 배달하러 온 줄 알고 의아한 눈빛을 받기도 하지만 매우 잠시일 뿐이다. 덕분에 불필요한 시선에서 벗어나 군중 속의 자유를 누리곤 한다.

지금 당장 꿈을 이룰 수 없다면

꿈 맛보기부터

# 트라이엄프 본네빌과 LA 해안 도로

출장이든 여행이든 타지에서 며칠 머무르다 보면 꼭 한 번은 막막한 기분이 들곤 한다. 하늘이 어두워지고 모두가 따뜻한 집으로 돌아가는데 나만 혼자라는 약간의 고립감. 딱 한 군데 예외였던 동네가 미국 LA였다. 몇천 km도 못 채운 2년 차 라이더 주제에 혼자 이리저리 알아보고 예약해서 짧게나마 바이크 투어를 하느라 외로울 틈이 없었던 동네다.

때는 2015년 겨울. 한국보다 훨씬 따뜻한 LA로 출장을 갈 일이 생겼다. 자투리 시간에 뭘 할 수 있을지 고민하다 바이크를 타 보면 어떨까 하는 생각이 들었고, 폭풍 검색을 통해 아이디어를 구체적인 계획으로 바꿔 나갔다. 바이크 입문 초기부터 미국 횡단이 꿈이라고 떠들고 다녔기 때문에 이번에는 맛보기라도 해 보자는 생각이었다.

바이크 렌트 업체와 비용, 가능한 코스와 경험자들의 후기를 샅샅이 들여다본 후 마지막까지 가장 고민했던 부분은 안전 문제였다. 당시만 해도 이제 초보 티만 벗은 상황이어서 바이크 제꿍이나 사고, 고장 같은 문제는 오히려 생각지도 못했다(역시 몰라야 용감하다). 그보다는 미국 영화에서 본 갱단이나 전기톱 살인마의 표적이 될 가능성이 걱정됐다.

결국 걱정을 욕심이 이겨서 모터사이클 렌탈 업체인 이글라이더 홈페이지를 통해 트라이엄프의 본네빌을 LA 공항 인근 지점에서 픽업하기로 예약했다. 본네빌은 내 드림 바이크였지만 당시엔 국내에 정식 수입이 안 돼 타 보기 어려운 모델이었다. 주어진 시간이 한나절뿐이므로 LA 해안 도로를 지나 샌디에이고의 '레고랜드'를 구경하고 오는 왕복 300km의 코스로 정했다. 나름 레고를 좋아하는데 국내엔 레고랜드가 없어서다.

그리고 대망의 그날. 함께 출장을 왔던 일행은 모두 공항으로 떠나고 홀로 이글라이더 LA 라시네가 지점 앞에 섰다. 4년이 지난 지금 돌이켜 봐도 상당히 긴장되는 순간이었고 실제로 속으로는 '내가! 미국에서!! 바이크를 타다니!!!'라고 거듭 부르짖고 있었다. 이글라이더 직원은 전 세계 온갖 여행자들이 찾아오는 LA의 현지인답게 내비게이션 작동법 등 꼭 필요한 설명 외엔 아무것도 묻지도 따지지도 않았다. 다만 매장이 문을 닫는 오후 5시까지 어딜 다녀올 계획인지는 궁금해했고, '레고랜드'라고 답하자 "우리 손님 중 레고랜드를 다녀오겠다는 사람은 이제껏 처음"이라며 웃었다.

마침내 염원하던 본네빌과 함께 꿈에 그리던 미국의 도로를 달리기 시작했다. 꿈꾸던 무언가가 현실화되면 벅찬 감동이 곧바로 찾아오기보다는 '어라?' '진짜?'라는 기분이 지배적인 것 같다. 다소 어리둥절하게 LA에서 샌디에이고로 향하는 고속 도로에 올라탔고, 조금은 황량한 고속 도로 주변 풍경을 구경하며 근처 차량들의 속도에 맞춰 달렸다.

그때만 해도 난 울프125만 갖고 있었기 때문에 800cc짜리 본네빌은 조금 낯설긴 했지만 금세 적응할 수 있었다. 고속으로 달릴 수 있다는 사실도 마냥 신났다. 현지 기온이 영상 15도쯤이었지만 달렸더니 역시 추워서 이를 부딪치며 오돌오돌 떨다가 나중에는 허벅지까지 덜덜 떨었다. 그래도 샌디에이고로 가는 중간에 '뷰포인트'라는 친절한 표지판에서 멈춰서 본 바닷가 풍경, 나중에 LA로 돌아가는 길에 잠시 지나쳤던 라구나 비치와 조용한 주택가의 분위기는 두고두고 기억할 수 있게 됐다.

목적지인 레고랜드는 예상대로 가족 단위 방문객들로 가득했다. 사실 그로부터 1년 전쯤에는 혼자 LA 유니버설스튜디오를 세상 신나게 돌아다닌 경력이 있기 때문에 이번에도 전혀 개의치 않고 마음껏 구경했다. 해외에서 혼밥할 때 으레 그렇듯 주메뉴 2개에 디저트까지 추가 주문해 씩씩하게 먹었다. 세상은 넓고 레고 덕후는 많다는 소감과 함께 레고랜드를 빠져나가면서 아무나 붙잡고 부탁해 기념사진을 한 장 남기기도 했다. 안타깝게도 복귀 코스는 시간이 조금 촉박해 커피 한 잔, 인앤아웃 버거 하나 못 먹었지만 그 와중에도 허겁지겁 바이크 용품점을 들렀다. 아쉽게도 그곳은 비포장도로나 산길 등 오프로드 바이크용 제품이 주력이라 살 것은 없었다. 그래도 미국까지 와서 바이크 용품점에 들렀다는 허영심을 채운 후 제시간에 바이크를 반납했다.

한국으로 돌아가는 길엔 평생 처음으로 좌석 업그레이드의 행운을 얻었다. 밤 비행기 탑승 시간이 네다섯 시간은 남아있었던 탓에 면세 구역을 한참 돌아다니다 항공사 라운지에 자리를 잡았는데, 비즈니스석에서 푹 자고 한국에 닿을 때쯤 깨면 시차 적응도 한 방에 오케이!라는 야심 찬 계획과는 달리 라운지 소파에서 기절해 두 시간 넘게 자버렸다.

사실 바이크 투어라는 게 그냥 바이크 위에 올라타고 다니면 되는 것 같지만 바이크의 진동과 바람의 저항, 추위와 낯선 길에서의 긴장까지 더해지면 상당한 피로가 몰려온다. 그렇게 정신을 잃고 자고 났더니 정작 그 편한 비즈니스석에선 한숨도 잠을 못 이룬 채 한국까지 실려 와야 했다.

조금 우습지만 난 아직도 이때의 미국 투어를 '용사의 모험'처럼 아주 세세하게 기억하고 있다. 가기 전에 인터넷 검색으로 도움을 얻긴 했지만, 사실 불을 뿜는 용이나 적군 따윈 없었지만, 스스로도 예상하지 못했던 낯선 장소에서 온전히 혼자의 힘으로 목적지에 도달했다. 그리고 즐거운 추억이란 전리품을, 그것도 거대한 뭉텅이로 획득해 돌아왔다. 언젠가는 이때의 맛보기 투어를 되새기며 본격 미국 횡단도 실현할 수 있길 바랄 따름이다.

고난과 역경,

무질서 속에서도

퍼스널 스페이스는 있다

# 고난이도 베트남 투어

LA 바이크 투어가 흐뭇한 미소를 불러오는 추억이라면, 2017년 겨울의 베트남 투어는 미간을 살짝 찌푸리며 회상하게 된다. LA 투어는 얼마든지 다시 갈 수 있지만 베트남 투어는 마음을 단단히 먹지 않으면 안 된다.

LA 투어를 쉽게 결정했듯 베트남도 마찬가지였다. 심지어 이번 베트남 투어는 모토포토 고문님과 또 다른 모토포토 회원(a.k.a 바이크 광인), 바이크 전문가인 모 칼럼니스트분까지 의기투합했기 때문에 무서울 것도 없었다. 게다가 해외 바이크 투어 전문 여행사인 랩터라이더스의 현지 가이드를 따라 달리는 상당히 규격화된 프로그램이었기 때문에 안전하고 쉽게 느껴졌고 금방 결정을 내릴 수 있었다.

일행들과 하노이의 숙소에 짐을 풀고 다음 날 아침 7시에 출발했다. 랩터라이더스의 주선으로 이날 투어는 현지 두카티 동호회인 '두카티 하노이'와 함께 하게 됐다. 현지의 재력가 다수로 구성된 두카티 동호회원들 20여명, 거기에 하노이 두카티의 정비 직원과 차량까지 동행해 세상 든든하게 투어를 시작했다. 하노이를 벗어나기도 전에 비가 내리기 시작했지만 랩터라이더스의 공지대로 비옷을 잘 준비해 갔기 때문에 걱정할 것도 없었다. 투어용으로 제공된 바이크, '두카티 스크램블러 62'는 나에겐 조금 높고 무거웠지만 그럭저럭 탈 만했다.

랩터라이더스의 투어는 첫날 하노이에서 하장까지 달리고 다음 날엔 중국 국경과 가까운 동반 지역을 거쳐 3일째에 다시 하노이로 돌아가는 총 700km의 일정이었다. 잘하면 하루에도 채울 수 있는 마일리지인데 3일에 걸쳐 나눠 달린다면 느긋할 거라고 생각했다. 하지만 그렇지 않았다. 전혀, 절대, 네버.

하노이에서 출발한 지 약 7시간. 300km 정도를 달려 하장에 입성할 때까지는 도로가 편했다. 대체로 직진 코스였고 길도 험하지 않았다. 두카티 하노이의 친구들을 따라 '하장

0km'라고 적힌 도로변 기념비 앞에서 사진을 찍고서 물어보니 오늘의 목적지는 아직 150km가 남았다고 했다. 아직 오후 3시 정도라 그럼 그렇지, 하며 순순히 점심 장소로 따라갔다. 첫날 일정 중 마지막 100km는 조금 험할 수 있다는 랩터라이더스 대표님의 설명을, 이때까지만 해도 잊고 있었다.

남은 150km는 지금껏 달린 길과 달리 헤어핀을 못해도 100번은 지나야 하는 지옥의 코스였다. 바이크 입문 4년 차, 아직 와인딩 코스 경험이 많지 않아 헤어핀이 무서웠던 당시의 나로서는 최대한 빌빌거리며 달릴 수밖에 없었다. 앞 사람이 넘어질 때 따라 넘어지기도 했다. 게다가 베트남의 산길은 험했다. 포장이 덜 된 길, 깨진 길, 안개, 1.5차선 좁은 도로의 맞은편에서 수시로 나타나는 트럭과 사람과 소까지, 잔뜩 긴장한 채 달려야 했다.

그래도 해가 떠 있는 동안은 괜찮았다. 그날의 숙소까지는 산을 몇 개씩 지나야 했고, 그 꼬부랑 고갯길엔 가로등도 가드레일도 없었다. 산속은 금방 어두워졌다. 앞뒤 바이크의 불빛에 의지해 헤어핀과 절벽의 와인딩 코스를 달리기 시작했다. 전 인류가 좀비에게 물려 죽고 우리 일행만 남은 것처럼 고요한 산속에 바이크 배기음만이 울려 퍼졌다. 처음에는 생전 처음 겪는 고난이도의 코스가 심히 당혹스러웠지만 그렇게 두 시간쯤 달리고 나자 머릿속이 텅 비어 버렸다. 그저 빨리 도착해 쉬고 싶다는 일념만이 남았다. 기계적으로 앞 사람의 뒷바퀴만 보고 달리다 보니 헤어핀에 대한 두려움도 깨끗이 사라져 버렸다. 덕분에 두려움과 긴장을 떨치면 더 좋은 퍼포먼스를 낼 수 있다는 사실을 깨닫게 됐다.

나중에 물어보니 한국에서 같이 출발한 일행들 역시 20, 30년 경력의 바이크 고수들임에도 불구하고 역대급의 고된 투어였으며 심지어 숙소 도착 직전 1, 2시간 정도는 아예 기억에서 사라진 것 같다는 증언(?)도 들을 수 있었다.

험하디험한 첫날을 치르고 나니 나머지는 대체로 쉬웠다. 그럼에도 한국에서의 투어와는 난이도가 전혀 다르긴 했지만 말이다. 그래도 해발 1,500m까지 올라가는 마피렝 코스와 그 정상의 노점에서 달게 먹었던 구운 고구마, 구름이 걷히고 햇빛이 내리쬘 때 산등성이의 풍경은 감동적이었다. 투어 중간중간 쉴 때마다 마신, 쓴맛과 단맛이 서로 질세라 존재감을 내

뽑는 베트남 연유 커피 '쓰어다'도.

마지막 난관은 하노이 시내 라이딩이었다. 모든 일정을 마치고 하노이의 숙소로 복귀한 시간대는 교통량이 가장 많은 토요일 저녁. 어느 도로든 수백 대의 바이크로 빽빽한 시내를 뚫고 가야 했다. 언뜻 무질서해 보이는 그 도로를 어떻게 돌파할지 자못 걱정됐지만 막상 앞바퀴를 들여놓자 따뜻한 물에 설탕 타듯 스며들 수 있었다. 바이크가 다닥다닥 몰려 신호 대기하는 중에도 나름의 질서와 '퍼스널 스페이스'가 있어서 일단 한 자리를 차지하고 나면 누구도 무리하게 끼어들지 않았고, 도로 사방팔방과 골목길에서 바이크가 쏟아져 나오는 바람에 모두가 쉴 새 없이 경적을 울리긴 했지만 그 경적을 들은 라이더는 곧바로 바이크를 비켜줬다. 한국에서의 경적은 신경질적이고 분노에 찬 느낌이었다면 베트남에선 '저기, 잠시만요!' 정도랄까. 투어 첫날의 고난과 역경을 다시 겪고 싶진 않지만 베트남에 대한 호감은 더 강해졌다.

'내 주제에…' 의심이 들면
사양하지 않는다

## 리스본의 4월 25일 다리

오직 미국 횡단만이 꿈인양 떠들어 왔지만 당연히 유럽도 달리고 싶었다. 기회는 뜻밖에 빨리 찾아왔다. 이탈리아 바이크 브랜드인 두카티에서 2018년 신모델 '스크램블러 1100' 출시 행사를 연다며 초청장을 보내온 것이다. 무려 포르투갈 리스본에서 열리는 전 세계 미디어 대상의 '인터내셔널 프레스 테스트(시승)' 행사. 바이크를 타면서 꾸준히 잡다한 바이크 일기와 시승기, 업계 정보 등을 수년 동안 연재해 온 덕이었다. 내 주제에 이런 곳엘 가도 되는가 싶었지만 물론 사양하지 않았다.

두카티는 리스본 시내의 한 아담한 호텔 하나를 통째로 빌려 기자와 인플루언서(바이크 업계 역시 인플루언서들에게 공을 들이고 있다)들을 맞이했다. 바이크도 브랜드별로 추구하는 지향점이 상당히 분명한 편인데 두카티는 대체로 범접하기 힘든, 세련되고 럭셔리한 이미지가 강하다. 호텔 로비에는 이번 행사

의 주인공인 스크램블러 1100 한 대가 세워져 있었고 벽면에
는 두카티 바이크 사진, 호텔 식당엔 두카티 로고가 찍힌 각종
바이크 장비와 액세서리가 놓이는 등 공들여 꾸며져 있었다.

새 바이크를 소개하는 미디어 프레젠테이션 역시 오래된
물류 창고를 세련되게 개조한 '빌리지 언더그라운드 리스보
아'에서 진행됐다. 두카티 바이크 라인업 중에서도 젊고 힙한
이미지가 강한 스크램블러를 선보이는 장소로 딱이었다.

핵심 일정인 시승은 리스본에서 남쪽으로 100km 남짓 떨
어진 히구에린하 해변까지 왕복 190km 남짓의 코스였다. 수
십여 명의 참가자를 3개 조로 나누고 각 조는 형광색 조끼를
입은 바이크 전문 진행 요원들이 인도했다. 특히 경치가 좋은
몇몇 구간에선 포토그래퍼들이 대기하고 있다가 참가자들이
각자의 콘텐츠에 쓸 사진과 영상을 촬영한다고 했다.

긴장되긴 했지만 리스본의 한강 격인 테주강을 가로지르는
대교 '4월 25일 다리(1974년 4월 25일의 포르투갈 혁명을 기념하기 위
한 이름이며, 미국 샌프란시스코 금문교의 건설사가 지어서 디자인도 비슷
하다)'를 지나 히구에린하 해변까지 가는 길은 마치 천국의 도

로였다. 흔히 상상하는 유럽의 그 아름다운 풍경 속을 내가 직접 바이크로 달리다니. 전문가들을 위한 시승 행사라 속도가 조금 빨랐지만 그 정도는 달릴 수 있었다.

하지만 행복감은 곧 깨졌다. 사진과 영상 촬영 구간에선 조별로 대기하고 있다가 순서대로 한 명씩 정해진 구간을 몇 번씩 왕복하며 촬영을 받아야 했다. 가장 좋은 사진과 영상을 골라 쓸 수 있도록 하는 배려다. 그런데 왕복 2차선 도로를 낯선 바이크로 유턴하는 게 참 어려웠다. 코스 설명을 들을 때부터 긴장해 있었던 나는 첫 번째 유턴 지점에서 돌던 와중에 넘어졌고, 두 번째 유턴 지점에서도 넘어졌다. 그리고 아마 촬영 대기를 위해 도로에서 잠시 비포장 갓길로 이동해야 했는데 그때도 여지없이 넘어져 총 3회를 넘어진 것 같다. 다치기 어려운 수준의 제꿍이었지만 참으로 심란해졌다.

다행히 더 이상 유턴 자체를 시도하기 싫은 나를 위해 함께 행사에 참여한 바이크 전문지 〈더 모토〉의 편집장님(a.k.a. 피바다)께서 대신 바이크를 옮겨 주셨고 싱가포르에서 온 데런 웡 기자는 "쟤가 너보다 더 못 타던데(⋯?)"라며 열심히 나를 다독여 줬다. 모두가 사교 활동에 여념이 없었던 첫날의 숙소 로비에서 홀로 고고하게 소파에 앉아 책을 읽던, 철학자처럼 진지한 그의 성격을 감안하면 매우 다정한 행동이었다. 그는 역시나 소셜 미디어를 일절 사용하지 않는 유형의 사람이라 지금은 이메일로 가끔 안부를 주고받는다.

바이크 고수들이 모인 자리에서 역시나 '쪼렙'으로서의 면모를 드러내서 많이 창피하긴 했지만 바이크가 본업인 전문 기자들과 겨우 2만km도 못 탄 내 실력을 비교하는 것도 어불성설이었다. 그때부턴 어딜 가서 "하하하, 저는 바이크를 잘 못 탑니다~"라는 태도를 유지하기 위해 노력하게 됐다. 동시에 유턴을 제대로 배워야겠다는 일념으로 앞서 소개한 교육 프로그램을 매년 수차례씩 찾기 시작했다. 잘할 때까지 배우고 복습할 계획이다.

어쨌든 이때의 무더기 제꿍은 길지 않은 지금까지의 내 바이크 역사 중 가장 분한, 그래서 스스로를 좀 더 채찍질하게 만드는 경험이었다. 그래도 마지막 날 저녁에는 어느덧 친해진 두카티 직원들, 타국 기자들과 어울려 놀았다. 술이 몇 잔 들어가자 포르투갈 특산품 '정어리'를 각자의 언어로 말해 보는 시시한 놀이조차도 흥겨웠다. 평소 포르투갈어와 스페인어로 대화가 정말 가능한지 궁금했는데 마침 같은 테이블에 두 나라 사람이 모두 있어서 시켜 볼 수도 있었다. 그들은 네다섯 문장 만에 대화를 포기했다. 벨기에 기자로부터는 명탐정 '에르퀼 포와로'를 좀 더 정확히 발음하는 법도 배웠다. 아름다운 리스본의 밤이었다.

짧은 시간에도
닮고 싶은 삶이 있다

# SNS를 해야 할 이유

'링'과의 만남은 매우 짧았다. 남성 참가자들의 비중이 높은 행사인 만큼 첫날부터 서로가 눈에 띄긴 했겠지만 나는 한국에서부터 함께 온 일행과 다니다 보니 대화를 나눌 기회가 없었다. 그러다가 떠나기 하루 전 급작스럽게 대화를 트고 그 과정에서 서로가 어떤 사람인지 확인한 후 '언젠가 다시 한번'을 기약하게 됐다. 2019년 3월, 태국 푸껫에서의 만남이다.

그때 푸껫에선 인도 모터사이클 제조사 로얄엔필드의 신차 시승 행사가 열렸다. 로얄엔필드는 1901년 영국에서 설립된 모터사이클 기업으로 1960년대 런던 젊은이들의 '카페 레이서' 붐을 주도했고, 1990년대 인도 자본에 인수됐다. 카페 레이서란 당대 런던 힙스터들이 바이크로 카페를 옮겨 다니며 누가 더 빠른지 경주한 데서 유래된 말이다. 당시의 바이크 디자인을 딴 기종들을 지금도 카페 레이서라고 부른다. 로얄엔필드는 인수 전의 경영난으로 인해 한동안 기술력, 마케팅 등여러 분야에서 뒤처져 고전했지만 여전히 전 세계 라이더들의 가슴 속에 '역사와 전통의 클래식 바이크'라는 이미지가 강하다. 참고로 2019년 전 세계 모터사이클 판매량은 약 6,010만 대다. 여기서 51~125cc 소배기량 모델의 판매 비중은 70%에 육박하는데, 로얄엔필드는 소배기량 모델 없이 나머지 30% 시장을 공략해 72만 대(이 중 95% 이상이 인도 시장에서 판매되긴 했지만)의 판매고를 올렸으니 적잖은 존재감이다. 게다가 로얄엔필드는 특유의 쿨한 브랜드 이미지와 합리적인 가격이란 강점도 갖췄다.

푸껫에서 열린 로얄엔필드 시승 행사에는 아시아의 모터사이클 기자들과 인플루언서들이 참석했다. 당시는 로얄엔필드 코리아가 정식으로 출범하기 전이었다. 그래서 로얄엔필드가 어떤 바이크를 만드는지는 알았지만 어떤 브랜드 이미지를 지향하는지는 잘 알지 못했다. 조금 딱딱한 신차 설명회와 CEO 인터뷰를 예상했지만 행사장은 의외로 힙한 파티 분위기였다. 한쪽에는 지난 한 세기 동안 로얄엔필드의 명성을 드높였던 클래식 기종들이 전시돼 있었고, 1960년대 런던의 카페 레이서 문화를 담은 영상과 클럽 음악이 분위기를 띄웠다. 행사장에 나타난 싯다르타 랄 로얄엔필드 CEO는 노란 반바지 차림이었다. 경제 신문 기자로 일하면서 본 중 가장 멋진 CEO 패션이었다.

언제나와 마찬가지로 바이크 시승은 즐거웠고, 푸껫의 해안도로를 달리는 특별한 경험은 잊을 수 없었다. 태국의 도로 상황은 베트남보다 훨씬 좋았다. 같이 달리는 각국 라이더들 중 일본 참가자들의 운전 매너는 역시나 타의 귀감이 될 만했다. 바이크 선진국인 일본에서 온 두 명의 모터사이클 저널리스트들은 매우 박식하면서도 사려 깊었다. 하지만 한 말레이시아 기자는 각자의 모터사이클 시장에 대해 대화하던 중 나에게 "여자치고는 잘 탄다"고 말해 어이없었다.

링과는 그때까지도 인사를 트지 못하고 있다가, 싯다르타 랄 CEO와 셀카를 찍으면서 급하게 친해졌다. 랄 CEO와의 사진 한 장을 꼭 남기려던 차에 마침 링이 옆에 있었고, 자연스럽게 셋이 찍게 됐다.

본격적인 대화는 시승을 마치고 한 잔씩 하러 모인 리조트 바에서 시작됐다. 태국 총선을 앞두고 이날 저녁부터 주류 판매(술집이든 슈퍼마켓이든)가 전면 금지라기에 허겁지겁 주량껏 술을 마시려던 참이었다. 시승을 마친 링이 내 옆자리에 앉았다. 태국인인 링은 "종교 관련 기념일이나 선거 전에는 온 나라에서 술을 살 수 없다"며 내 궁금증을 풀어 줬다. 술판이 부정 선거의 온상지가 되거나 투표율을 낮추는 일을 막기 위해서라고 했다. 그리고 우리는 서로가 어떤 직장에서 일하는지, 어떤 바이크를 타고 있으며 어떤 삶을 살고 있는지 짧은 시간 내에 얼추 파악하게 됐다.

링은 방콕의 잡지사에서 일하다가 치앙마이의 한적한 동네로 이주해 남자친구와 함께 바이크를 원하는 만큼 타며 유유자적 살고 있다고 했다. 그러면서 치앙마이에 꼭 놀러 오라고, 숙소에 바이크까지 전부 제공하겠다고 약속했다. 나는 사람과 급하게 친해지는 데 조금 경계심을 갖는 편이지만 링의 맑은 얼굴과 어디에도 얽매이지 않을 듯한 말투에 어느새 반해 있었다. 꼭 가겠다고 했다. 인스타그램에 전혀 관심이 없었지만 링과 소식을 주고받기 위해 그로부터 2달 후 인스타그램

계정도 만들었다.

아직까지는 치앙마이에 못 갔다. 그렇지만 2, 3년 내로는 링과의 두 번째 만남을 계획하고 있다. 그리고 링은, 얼마 전 인스타그램을 통해 난소암 발병 소식을 전해왔다. 알고 보니 그는 지난 20여 년간 두 번이나 유방암에 걸렸다. 링은 항암 치료로 머리가 빠지자 삭발을 했고 활짝 웃는 사진을 올렸다. 하와이안 셔츠 차림으로 '알로하!'라는 멘트와 함께. 이번에도 꿋꿋하게 극복할 것이라 믿으며 안부를 전했다. 비록 먼 타국 의 사람이고 언제 다시 만날지도 모르는 상황이지만, 닮고 싶 은 그 자유로운 영혼을 떠올릴 때마다 인생이 좀 더 여유롭게 느껴진다. 바이크가 맺어 준 또 하나의 소중한 인연이다.

부지런함 끝에

그 이상의 즐거움이 있다

# 바이크 투어의 고통과 즐거움

바이크 투어의 모든 순간이 즐거운 것은 아니다. 사실 그냥 여행도, 교통편을 예약하고 숙소를 고르고 일정을 짤 때는 즐겁지만 막상 가기 전날에는 좀 귀찮은 마음이 든다. 바이크 투어도 비슷하다. 특히나 수도권 직장인들의 바이크 투어는 교통 체증과 그로 인한 짜증, 시간 낭비를 피하기 위해 아침 일찍 출발하는 경우가 많다. 투어 전날에는 술도 자제한 채 일찍 자고 여행 당일에는 새벽같이 일어나 짐을 챙긴 후 라이딩 복장을 입고 나서야 한다.

이렇게 적고 보니 매우 간단한 절차 같아 억울한 김에 설명을 덧붙이자면, 챙길 물건의 가짓수가 많다는 게 관건이다. 거의 언제나 챙겨 다니는 자잘한 물건은 눈부심을 막아줄 선글라스와 헬멧에 눌린 머리를 가려 줄 모자, 비누가 없는 화장실에 대비한 휴대용 비누(딱풀처럼 생긴 그것) 또는 소독제, 휴대용 물티슈와 종이티슈, 풍절음을 막아주는 귀마개가 있다.

여기까지는 라이딩용 힙쌕에 모셔져 있지만 립밤이나 핸드크림은 평일에 출퇴근하면서 가지고 다니는 가방에서 옮겨와야 한다. 스마트폰과 바이크 시거잭을 연결해 줄 USB 케이블도 필요하다. 투어 동안 내비게이션을 켜 놓으면 폰 배터리가 금방 닳기 때문에 계속 충전하며 달린다. 날이 추울 땐 핫팩이나 열선 조끼, 라이딩 장갑 안에 겹쳐 낄 니트릴 장갑을, 비가 예상될 땐 비옷도 준비해야 한다. 참고로 실제로 투어 중 비가오면 대체로 도로변 적당한 곳에 바이크를 세우고 허겁지겁 비옷을 입는데, 그럴 때마다 모르는 사람 눈에는 좀 짠해 보일 것 같다는 생각이 들곤 한다.

다 챙겼으면 전날 충전해 둔 블루투스 헤드셋을 헬멧에 장착한다. 블랙박스 카메라가 아닌 액션캠 사용자라면 액션캠도 장착해야 한다. 그리고 라이딩 복장을 착용한다. 라이딩 진, 라이딩 부츠 등은 보호대가 들어가 있기 때문에 일반적인 청바지나 신발보다 입고 신고 벗기가 조금 빡빡하다. 쌀쌀한 계절에는 내복을 포함한 몇 겹의 옷을 더 껴입기 때문에 준비 시간이 좀 더 길어진다.

이제 드디어 나갈 준비가 됐다. 짐과 바이크 키와 헬멧과 장갑 등속을 들고 나가서 바이크를 주차장에서 꺼낸다. 주말 아침 주민들의 늦잠을 방해할까 봐 조심스럽다. USB 케이블로 스마트폰을 바이크에 연결하고 내비게이션으로 목적지를 설정한다. 전후에 잠시 바이크 타이어의 공기압이나 체인의 상태, 사이드 미러가 제대로 조여져 있는지를 잠시 살펴보기도 한다. 그리고 나서야 드디어 투어가 시작된다.

이렇게 투어를 위한 잡다한 준비물을 집안 구석구석에서 조달해 오고 그중 일부를 몸이나 바이크에 장착하는 산만한 과정은 예상하시다시피 매우 귀찮다. 게다가 출근할 때보다도 일찍 일어나 나가느라 체력과 정신력의 소모도 발생한다. 사실 내일 새벽에 눈을 떴을 때 비가 내리고 있길 은근히 바랄 때도 있다. 비가 오면 대부분의 투어는 취소되기 때문이다.

바이크 투어도 부지런해야 한다. 같이 타는 무리에 '길잘알', '맛잘알'이 있고 기꺼이 안내까지 맡아 준다면 더할 나위 없겠지만 사실 그것도 일이다. 길을 아무리 잘 안다 해도 투어 내내 일행들이 잘 따라오는지 사이드 미러를 보면서 챙기고,

신호에서 끊기면 기다리고, 한두 시간에 한 번씩은 목을 축일 편의점도 찾아야 하기 때문이다. 특히 나처럼 가 본 길도 헷갈리는 사람이 안내를 맡게 되면 매번 지도 앱으로 미리 코스를 짜고 내비게이션에 경유지를 입력해 두고 그 근처의 맛집도 수배해야 한다.

안내자의 역할은 바이크 투어에서 가장 선두에 달리는 '로드(로드 마스터의 준말)'와 맨 뒤에 서는 '리어(리어 마스터)'가 나눠 맡는다. 로드는 일행이 코스대로 안전하게 따라올 수 있도록 일종의 지휘자 역할을 담당하고, 리어는 맨 뒤에서 일행을 챙긴다. 이탈자는 없는지, 모두가 교차로 신호를 통과했는지, 도로에 장애물이 없는지, 이 길이 맞는지 등을 신경 써야 하기 때문에 이 역시 수고로운 임무다. 내 경우 같이 달려주는 이들에게 고마워서 헝그리라이더스와 트친 투어의 로드를 맡고 있는데 아무래도 일행을 신경 쓰느라 중간에서 달릴 때만큼 온전히 투어를 즐기지 못하는 경우도 생긴다. 반면 내가 원하는 코스로 전권을 휘두를(!) 수 있다는 장점도 크다.

마지막으로, 바이크 투어는 체력이 꽤 소모된다. '바이크 타면 살도 빠지느냐'는 흔한 질문대로 칼로리가 소모되는지는 모르겠지만 바이크의 진동과 공기 저항 때문인지 투어를 마치고 귀가하면 졸음이 몰려온다. 사실 바이크를 타고 있는데 졸리는 경우도 있다. 아무래도 실외에 몸이 그대로 노출돼 있다 보니 사륜차를 운전할 때의 졸음보다는 강도가 덜하지만, 점심 먹고 따뜻한 햇빛 아래 달리다 보면 여지없이 졸음이 찾아온다.

그럼에도 꼬박꼬박 '아침 8시 양만장' 같은 약속을 지키는 이유는 투어의 피로함과 귀찮음 따위 금방 상쇄될 것임을 너무나 잘 알아서다. 쌀쌀한 아침의 양만장에서 마시는 커피 한 잔, 저 멀리서 내 일행의 바이크가 모습을 드러낼 때의 반가움, 바이크로 뭉친 사람들끼리의 편안함, 반대편 차선을 달리는 라이더와의 정겨운 손인사, 일상에서 한 발자국만 떨어졌을 뿐인데도 눈 앞에 펼쳐지는 자연까지.

해외 투어도 반드시 고생한 이상으로 보답을 받게 된다. 혼자 모든 것을 알아보고 추진했던 LA 당일치기 투어도, 여행사에서 바이크와 숙소와 코스까지 챙겨줬지만 여정이 험난했던 베트남 투어도 마찬가지였다. 그동안 꿈꿔 온 일본이나 미국 투어를 좀 더 긴 기간에 걸쳐 가게 된다면 더욱 공을 들여야겠지만 투자한 이상의 기쁨을 돌려받게 될 것으로 믿어 의심치 않는다.

투어 때 찍은 사진은 고스란히 추억으로 남는다. 가끔 다시 뒤적여 보면 정말 잘 놀고 살았구나 싶어 인생이 흐뭇하게 느껴질 정도다. 바이크를 타기 전엔 야외 활동이라곤 등산이나 식당, 카페 정도가 고작이었고 심지어 2002년 월드컵 응원 현장조차 한번 안 가 본 인생이었는데 지금의 내 사진첩은 참 다이내믹하고 찬란하다.

마음이 내키면 내 멋대로 컨셉샷을 찍어 보기도 한다. 사진 찍히길 매우 수줍어하는 성격이지만 헬멧 덕분인지 조금 과감해지는 것도 같다. 양팔을 치켜들고 한 다리로만 서는, 매우 근본 없는 내 포즈 하나를 보고 트위터 친구는 '인면조'라는 이름까지 붙여 줬다. 강원도에서도, 포르투갈에서도 인면조 샷을 남기는 일종의 의식도 생겼다. 유치하고 어설퍼도 나중에 다시 들춰 보고 웃을 수 있다면 그걸로 됐다.

# 나는 행복할 것이다

내일모레 마흔. '마음은 이팔청춘'이라는 말이 와닿기 시작했다. 이미 이 시기를 지나온 어른들은 그 말에 순도 100%의 절절한 진심을 담았던 것이다. 이제는 한국에서 '아줌마(이 단어에 종종 멸시와 혐오가 뒤따른다는 점은 잠시 잊…을 수가 없긴 하다)'라고 불려도 이상하지 않은 나이다. 그런데 그런 내가 전국 각지를, 심지어 나라 밖에서까지 바이크를 타고 싸돌아다니고 있다. 어쩌다 이렇게 됐는지 스스로도 신기하다. 그리고 이 사회가 나에게 요구하는 바를 시원하게 무시하면서 앞으로 일어날 더 큰 변화에 일조하고 있다는 사실이 자랑스럽다.

지난 몇 년 간의 행운을 곰곰이 되새겨 본다. 별생각 없이 2

종 소형 면허를 땄는데 폼페이를 덮친 베수비오 화산처럼 열정이 솟아났고 이후 긴 시간을 바이크와 함께 설레어 하며 보냈다. 바이크가 아니었다면 닿지 못했을 인연도 폭발적으로 이어졌다.

그 과정에서 고리 역할을 해 준 사람들을 떠올려 본다. 2종 소형 면허 취득에 대한 아이디어를 최초로 제공해 주신 정두환 부장, 입문 초기 각종 안전 장비를 갖추도록 압력을 행사하고 각종 바이크 관련 지식과 관리 서비스 및 라이딩 메이트 서비스까지 제공해 준 애인 댕댕, 수년간 방치해 둔 트위터 계정에 말을 걸어 주신 배우 김꽃비님(a.k.a 바이크전도사), '트친 사귀기'의 본격적인 시작점이자 너무나 부러운 삶을 살고 계신, 나의 롤모델 영님, 인간 내비게이션인 모토포토 서 고문님, 형 그리라이더스의 출발점을 만들어 준 이 회장님, '두유바이크' 연재를 제안해 준 은영 선배, 국내 최고의 모터사이클 저널리스트인 피바다 선배까지. 이 분들을 기점으로 많은 친구들을 만났고 더 행복하게 바이크를 타게 됐다. 〈드래곤볼〉에서 원

기옥을 모을 때 전 우주의 친구들이 조금씩 기운을 나눠주듯 언제든 서로 힘이 되어주는 분들이다.

바이크가 내 삶의 일부를 차지한 후로는 나이 듦에 대한 두려움도 사라졌다. 친구들과 바이크를 타고 아름다운 풍경과 맛집을 찾아다니며 행복을 느끼는 삶이 지속될 것이라고 확신한다. 지금의 나보다도 어렸을 학교 선생님을 보며 '나이 먹을수록 괴로울 일도 많을 테니 빨리 죽어야겠다'고 생각했던 중학생 출신으로서 놀라운 변화다. 이제는 비혼자로서 외로운 노년을 상상하지 않는다.

바이크는 즐거움과 스스로에 대한 만족감과 좋은 친구들까지 몰고 내게 다가왔다. 자꾸 강조하려니 거짓말 같아서 왠지 초조해지지만, 정말이다. 덕분에 당신들이 그렇게 걱정하던 비혼자가 이렇게까지 잘 살고 있다는 모범 사례가 된 듯해 참으로 상쾌하다. 비혼이라고 밝히자마자 "이기적이시네, 국가에 기여하셔야지…"라는 걱정 어린 모욕까지 들어 본 사람으로서 통쾌하기까지 하다. 전국의 수많은 비혼자들, 특히 여성들이 바이크를 타진 않더라도 각자의 행복을 찾아 누리길 바랄 따름이다.

일로, 고양이로도 어딘가 조금씩 부족했던 부분을 바이크가 채워 주면서 이제 완전체가 된 기분이다. '바로 그때 불행이 찾아왔다…'는 류의 무수한 영화가 떠오르며 내심 조심스러워지긴 하지만 쓸데없는 걱정은 않기로 했다. 앞으로도 내키는 만큼 바이크를 타고 라이딩 메이트들과 몰려다닐 작정이다. 바이크 시트 위에서 멍을 때리며 소진된 에너지를 다시 채울 테고, 산과 들판과 바다 앞에서 개미만큼 작은 내 삶을 있는 그대로 받아들이고, 내게 주어진 은은한 행복을 고마워하며 마음껏 누릴 것이다.

그러다 어느새 할머니가 되겠지만 그냥 할머니가 아니라 멋진 할머니 라이더가 될 계획이다. 그럴 수 있을 것이란 예감이 강하게 든다.